KB036566

지하철이 무섭다고
퇴사할 순 없잖아

지하철이
무섭다고
퇴사할 순
없잖아

불안과 스트레스에
흔들리는 마음을
단단히 지켜내는 법

글·그림 김세경

가나

오늘도 공황과 함께 출근하는 당신에게

연말 시상식에서 한 수상자의 행동이 크게 논란이 된 적이 있다. 2019년 MBC 연예대상 시상대에 오른 웹툰 작가 기안84가 산만한 태도와 적절하지 못한 멘트로 대중의 뭇매를 맞은 것이다. 그해 그는 예능 파트너인 헨리와 함께 베스트 커플상을 수상했는데, 시상대에 오른 그는 어쩐지 산만해 보였다. 보다 못한 헨리가 자세를 바로 잡아줘야 할 정도였다. 그는 수상 소감 도중 이런 말을 했다.

"(헨리는) 죽이고 싶을 때도 있고 너무 예쁠 때도 있고…."

논란은 바로 이 발언 때문에 일어났다. 아무리 친근함의 표현이라고 해도 온 가족이 함께 보는 방송에서 죽이고 싶다는 표현은 적절하지 않았던 것이다. 그 당시 방송을 보고 있던 나도 깜짝 놀라 '왜 저런 말을?' 하고 생각했다.

그로부터 얼마 후 그가 나와 같은 공황장애 환자라는 사실을 알았다. 사람 많은 곳을 힘들어하는 탓에 그는 시상식 날에 평소보다 많은 양의 약을 복용한 후 무대에 올랐다고 한다. 그제야 이해할 수 있었다. 시상식 내내 그가 왜 그리 초조하고 불안해 보였는지, 동료들은 왜 그리 그를 챙겼는지, 준비했다는 수상 소감은 왜 그리 두서없이 장황했는지 말이다. 사람들은 안타까워하면서도 여전히 그를 보며 웃었지만, 나는 웃음이 나오지 않았다. 마치 내 모습을 보는 것 같아 마음이 아팠기 때문이다.

언제부턴가 연예인이 공황장애를 고백하는 게 놀랍지 않은 일이 되었다. 정찬우, 김구라, 정형돈을 비롯해 강다니엘, 현아 같은 나이 어린 아이돌 가수들도 앓고 있다는 이 병에는 연예인들이 많이 앓고 있다는 이유로 '연예인 병'이라는 별명이 붙여졌다. TV에 나와서 공황장애를 밝히고 정보를 공유하는 연예인의 모습은 그간 이런 종류의 정신질환을 숨겨야 하는 것으로 여겨온 우리 사회에서 굉장히 새로운 변화다. 이는 분명 긍정적인 기류이며 반가운 움직임이지만, 한편으론 염려도 된다. 병에 대한 정확한 정보나 치료 방법은 배제된 채 '연예인들이 걸리는 병' 내지는 '잠시 쉬면 낫는 병'처럼 가볍게 여겨지는 분위기가 확산되는 게 두렵다.

"공황장애라고? 이야, 연예인이네!"

처음 내가 공황장애를 밝혔을 때 들었던 주변의 반응을 아직도 기억한다. 걱정이나 위로가 아닌 장난 섞인 말에 나는 여러 번 상처를 입었다. 어떤 사람은 자신도 비슷한 경험이 있으니 그럼 자기도 공황장애에 걸린 거냐며 웃으면서 떠들어댔다. '이 병에 대해 잘 알지 못해 그러는 거겠지. 얼마나 괴롭고 지독한지 몰라서 그러는 걸 거야'라고 속으로 생각했다. 나 또한 이 병에 걸리기 전에는 그 고통을 몰랐으니 한편으론 이해하면서도 사람들의 그런 반응 때문에 힘이 들었다.

한번은 이런 일도 있었다. 친한 대학원 동기와 대화

를 나누던 중 불쑥 그의 입에서 내 정신에 문제가 있다는 말이 튀어나왔다. 공황장애 치료를 받고 있다는 사실이 나를 정신에 문제가 있는 사람으로 인식하게 만든 것이다. 그 말을 하곤 깜짝 놀란 그가 곧바로 사과하긴 했지만, 나는 그 일로 사람들 마음속의 편견을 더욱 확신할 수 있었다.

공황장애를 겪어내는 과정에서 내가 느낀 것과 마주했던 편견은 이 책을 쓰기로 결심한 계기가 되었다. 공황장애는 치열하게 현재를 살고 있는 누구라도 겪을 수 있는 마음의 병이다. 매사에 긍정적으로 성실하게 사는 사람도 하루아침에 공황장애 환자가 될 수 있다는 말이다. 나는 그런 우리 모두를 위해 이 책을 썼다.

이 책을 통해 나는 일상을 지키며 공황을 극복하는 방법과 불안한 마음을 돌보는 방법에 관해 이야기하려 한다. 먼저 공황장애가 어떤 병인지 환자로서 느끼고 경험한 것을 담았다. 갑작스러운 불행을 어떻게 받아들여야 하는지, 정신과 진료를 결심한 계기와 치료 과정 그리고 내가 시도한 것 중 효과적이었던 방법들을 정리했다.

치료 외에 특별히 노력한 게 하나 더 있었다. 평소 내 마음을 돌보지 않으면 언제라도 다시 증상이 나타날 수 있음을 실감했던 나는 열심히 사느라 상처 입은 마음을 하나하나 꺼내 위로하기 시작했다. 그 과정에서 얻은 깨달음과 변화의 기록이 이 책에 담겨 있다.

"괜찮아요. 공황은 누구나 걸릴 수 있어요. 저를 보세요. 누가 저를 보고 공황장애 환자라고 생각이나 하겠어요? 정신적 결함이 있어서 혹은 당신이 잘못해서 공황장애에 걸린 게 아니니 절대로 부끄러워하거나 스스로를 자책하지 마세요."

얼마 전 공황장애 진단을 받고 힘들어하는 회사 동료에게 내가 했던 말이다. 2년 전 공황장애에 걸렸다는 사실에 절망하고 울던 나는 그것을 극복했고, 놀랍게도 전에 비해 훨씬 건강하게 잘 살고 있다. 뿐만 아니라 그때의 나와 같은 처지의 사람들에게 실질적인 도움을 줄 수도 있게 되었다. 끔찍했던 공황과 함께한 수많은 날들이 모두 지나고 난 지금, 나는 확실히 말할 수 있다. 우리는 충분히 그것을 극복하고 전보다 더 잘 살 수 있다고 말이다.

나는 이 책이 지금 막 공황장애를 만나 절망에 빠진 이들과 오랫동안 이 증상으로 힘겨운 시간을 보내왔을 이들 그리고 꼭 공황장애가 아니더라도 극복해야 할 어떤 힘듦을 마주한 이들에게 전해지길 바란다. 이 책을 읽고 더는 혼자서 두려움에 떨며 울지 않았으면 좋겠다. 부디 이 책이 오늘도 공황과 함께 출근하는 여러분에게 위로가 되고 실질적인 도움을 줄 수 있기를 바란다.

2021년 4월
김세경

◆
차
례
◆

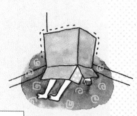

Part 1 ◆ ◆ ◆

난데없이 공황장애에 걸렸습니다만,

Part 6 ◆◆◆

덕분에 균형 잡고 살아갑니다

| 에필로그 |

난데없이
공황장애에
걸렸습니다만,

✧ ✧ ✧

제가 '공황장애'라니요!

저에겐 누구보다 자상한 남편이 있습니다.

예쁜 딸의 엄마이기도 하고요.

학창 시절 여유로운 형편은 아니었지만 열심히 공부했고,

지금은 좋은 직장에도 다니고 있습니다.

그림 에세이를 출간한 작가이기도 합니다.

손 그림 그리는 걸 좋아하고,

✧ ✧ ✧

"잠시 활동을 중단하겠습니다."

처음 공황장애에 대해 알게 된 건 몇 년 전 방송인 정형돈이 〈무한도전〉에서 하차한다는 소식을 들었을 때였다. 당시 〈무한도전〉은 최고의 인기를 자랑하던 MBC의 간판 예능프로그램이었는데, 프로그램의 멤버로 맹활약 중이던 그가 갑자기 〈무한도전〉을 비롯한 모든 방송을 중단한다고 발표했다. 공황장애가 원인이었다.

솔직히 말해 처음 그 소식을 듣고는 걱정보다는 조금 황당하다는 생각이 들었다. 그간 방송을 통해 접해온 그는 평범하고 수더분한 이미지를 가진 사람, 재치 있는 입담으로 대중을 즐겁게 해주던 사람이었다. 게다가 인기가 없는 것도 아니고 방송인으로 최고의 주가를 자랑하던 때가 아닌가. 그야말로 전성기를 누리던 그가 공황장애라는 정신과적 병에 걸렸고, 이 때문에 모든 활동을 중단해야 한다는 게 어딘가 맞지 않는 일처럼 어색하게 느껴졌다.

그도 그럴 것이 나는 꽤 오랫동안 공황장애 같은 정

신과적 질병에 대해 편견을 가지고 있었다. 누군가 이런 병에 걸렸다고 하면 자연스레 나약하고 부정적인 이미지가 떠올랐다. 마치 그런 병에 걸릴 사람은 태어날 때부터 정해져 있기라도 한 것처럼 말이다. 과거 한 지인이 정신과 치료를 받는 사람들을 향해 "그거 다 한가해서 그래. 열심히 살면 그런 병에 걸릴 여유도 없다니깐"이라고 했던 말에 무언의 동조를 했던 기억도 난다.

'나약하고 한가한 사람이 걸리는 병.'

나는 공황장애를 이렇게 생각하고 있었다.

"공황장애입니다."

2019년 6월, 나는 회사 근처 정신과에서 공황장애 진단을 받았다. 병원에 방문하기 전 증상에 대해 수도 없이 알아본 터라 어느 정도 예상은 했지만, 막상 의사에게 확인받고 나니 눈물이 터져 나왔다.

'내가 얼마나 밝고 긍정적인데…. 이렇게 열심히 살아왔는데 공황장애라니….'

억울했다. 나로 말할 것 같으면 출산 후에도 그 흔한 산후우울증 한 번 걸린 적 없었고, 평소에도 우울한 감정

19

과 거리가 먼 사람이었다. 매사 밝고 활기찬 내 모습에 내심 자부심을 느끼고 있었다. 그런 내가 공황장애에 걸렸다는 사실을 믿을 수 없었다. 일어나선 안 될 일이 일어난 것만 같아 혼란스러웠다. 누구보다 긍정적이고 열심히 사는 나 같은 사람에겐 절대로 오지 않을 병인 줄 알았는데. 이 모든 게 끔찍한 악몽 같아 괴로웠다. 절망에 빠진 나는 아무런 말도 하지 못하고 울기만 했다. 엉엉 우는 내 머릿속엔 단 한 가지 질문만 맴돌았다.

'도대체 내가 왜?'

처음 내게 '그것'이 찾아왔을 때,
나는 수많은 사람으로 북적이는
퇴근길 1호선 지하철 안에 있었다.

평소와 다를 바 없었던 그날의 퇴근길.

21

그런데 갑자기 심장이 빠르게 뛰기 시작했고,
곧 아무런 소리도 들리지 않고
심장소리만이 크게 울려 퍼졌다.

땀으로 흥건하게 젖어버린 두 손.
크게 심호흡을 했지만 아무 소용없었다.

숨을
쉴 수가
없어.

온몸을 감싸는 긴장감과 함께
알 수 없는 두려움이 몰려왔다.
처음 느껴본 두려움이었다.

이곳에서
당장
나가야 해!

무작정 사람들 틈을 비집고 나와
있는 힘껏 차가운 공기를 들이마셨다.
그리고 잠시 후 '그것'은 온데간데없이 사라졌다.

증상은 사라졌지만,
몇 대의 지하철을 그냥 보냈다.
그렇게 나는 그날
내 인생의 '그것'과 처음 마주했다.

◇ ◇ ◇

그날따라 지하철 플랫폼은 수많은 사람들로 발 디딜 틈이 없었다. 길게 늘어선 줄의 끝에 겨우 붙어 서자 등이 벽에 닿을 정도였다. 지하철이 들어오는 소리가 들려 전광판을 바라보니 아무래도 이번 걸 타지 않으면 한참을 기다려야 할 것 같았다. 무리해서라도 지하철에 오르기로 결심했다. 문틈으로 몸을 욱여넣자마자 등 뒤로 문이 닫히는 소리가 들렸다.

"휴!"

그제야 안도의 한숨을 내쉬었다.

'퇴근길도 출근길만큼이나 고되구나.'

바로 그때였다.

'두근두근.'

갑자기 심장이 평소보다 빠르게 뛰는 것 같은 느낌이 들었다. 그리고 곧 쿵쾅대는 심장소리가 무척 커다랗게 들리기 시작했다. 마치 두 귀에 음 소거 버튼이라도 눌린 것처럼 내 심장소리를 제외하고는 그 어떤 소리도 들리지 않았다. 뭔가 문제가 생겼다는 걸 알았지만 당장 어쩔 도리가 없었다. 지금 내리면 그다음 지하철이 오기까지 한참을 기다려야 한다는 생각 때문이었다.

나는 지하철에서 내리는 대신 버티는 쪽을 선택했다. 그리고 가방에서 이어폰을 꺼내 아이유의 〈좋은 날〉을 찾아 재생했다. 이럴 때 밝고 경쾌한 음악을 들으면 조금은 나아질 것 같다는 생각에서였다. 그러나 안타깝게도 증상은 조금도 나아지지 않았고, 그녀의 삼단 고음에 맞춰 심장박동은 더욱 격정적으로 요동쳤다.

'심장에 문제라도 생긴 걸까?', '이러다 쓰러져 다시는 못 일어나는 건 아닐까?'

이미 온몸은 땀으로 흠뻑 젖어 축축해졌다.

'지금 당장 이곳에서 탈출해야 해.'

알 수 없는 두려운 감정이 몰려왔다. 당장 이곳에서 나가지 않으면 어떤 끔찍한 일이 생길 것 같았다. 지하철이 다음 역에 멈추기 무섭게 나는 주변 사람들을 마구 밀치며 도망치듯 그곳을 빠져나왔다. 사람들은 허겁지겁 내리는 내게 불편함을 표현했지만, 그런 걸 신경 쓸 여유가 없었다. 무조건 여기서 탈출해야 한다는 생각뿐이었으니까.

"휴!"

플랫폼에 있는 작은 벤치에 앉아 가슴에 손을 얹었다. 놀란 가슴은 쉽게 진정되지 않았다. 나는 천천히 숨을 크게 들이마셨다가 내뱉으며 제발 아무 일이 없기만을 바랐다.

휴대폰을 켜고 남편에게 문자를 보내 내 위치를 알렸다. 혹시라도 정신을 잃게 되면 빨리 발견되어야 한다는 생각에서였다. 그렇게 얼마간 그곳에 앉아 몇 대의 지하철을 그냥 보냈다. 잠시 후 언제 그랬냐는 듯 모든 증상이 말끔히 사라졌다. 마치 처음부터 아무 일도 없었던 것처럼.

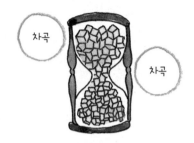

그 일이 있고
몇 개월의 시간이 쏜살같이 지나갔다.
그리고 그 시간의 틈새로 일상의 새로운 기억이
차곡차곡 자리를 잡았다.

당시 나는 여러 가지 일들로 좀 바빴다.
아니, 엄밀히 말하면
내 마음이 좀 바빴던 것 같다.

지하철에서 나를 덮친 '그것'이
내 마음에 보내는 신호였다는 걸
더 빨리 알아챘더라면 좋았을 텐데.

그렇게 그날의 경험에 무뎌졌을 때
나는 출장을 가게 되었다.

◇ ◇ ◇

나는 인사팀의 교육 담당자다. 과거 잘 다니던 회사를 그만두고 대학원에 진학해 학위를 받을 만큼 나는 내 일을 좋아하고, 자부심도 갖고 있었다. 그런데 10년 넘게 이 분야에서 일해온 내가 육아휴직을 다녀온 후 한동안 원치 않는 관리 업무를 맡은 적이 있었다. 교육 업무는 출장도 많고 힘이 드니 당분간 쉬운 일을 하면서 회사에 적응하라는 팀장님 나름의 배려였지만, 왠지 마음이 편치 않았다. 두 번 다시 나의 본업인 교육 업무로 돌아가지 못하게 될까 봐 불안했다.

외향적이고 적극적인 성격인 나는 교육을 통해 사람들과 소통하고 누군가의 발전에 도움을 주는 일에 즐거움과 보람을 느끼곤 했다. 그런 의미에서 관리 업무는 몸은 편했지만 나와는 맞지 않았다. 왠지 모르게 도태되는 느낌마저 들었다. 다행히 묵묵히 관리 업무를 한 지 1년이 지나자, 다시 내 전문 분야인 교육 업무로 돌아갈 수 있었다. 어렵게 되찾은 자리인 만큼 실력과 성과로 나의 쓸모를 증명해 보여야 한다는 생각이 강하게 들었다. 나는 회사에서 인정받고 싶었다.

당신은 알바형 인간입니까?

원하던 교육 담당자로 다시 발령이 난 지 며칠 안 되었을 때, 크게 상처를 받는 사건이 일어났다. 회의 도중 높은 상사로부터 "정시에 퇴근하는 알바형 인간"이라는 말을 들은 것이었다. 한창 교육 계획을 보고받던 중 그가 나를 향해 불쑥 내뱉은 그 말에 나는 순간 얼어붙어 아무 말도 하지 못했다. 당혹스러움에 어쩔 줄 몰라 하는 사이 그는 "너는 맞벌이잖아? 얘네들은 다 외벌이야"라며 계속해서 내게 무안을 줬다. 그는 나의 최종 인사권을 쥐고 있는 사람이었다.

팀에서 유일한 여성이자 워킹맘인 나는 그날 유리로 만들어진 투명한 벽을 보았다. 분명 사방이 뻥 뚫린 곳에 서 있는 것 같은데 양손을 쭉 뻗으면 자꾸만 무언가에 가로막혀 더는 나갈 수 없는 느낌이었다. 말로만 듣던 유리 천장이었다.

나는 그 일로 큰 충격을 받았다. 그 자리에 함께 있었던 팀장님과 후배는 너무 신경 쓰지 말라며 위로해주었지만 그럴 수가 없었다. 그날 마음에 깊은 상처를 입은 나는 자주 악몽에 시달렸고, 능력이나 성과가 아닌 내가 처한 상황 때문에 회사에서 인정받지 못하게 될까 봐 몹시 불안해졌다.

그 일로 새롭게 깨달은 사실이 있다. 하루하루 성실하게 잘 살던 사람도 예상치 못한 일로 상처를 입고 와르르 무너질 수 있다는 것이다. 상사의 막말에 아무런 대처도 하지 못하고 주눅이 들어버려서, 어느 날 갑자기 보이지 않는 무언가에 단단히 가로막힌 느낌이 들어서, 노력하면 인정받았던 지금까지의 삶의 방식이 더는 통하지 않음을 알게 되어서 나는 괴로웠다. 그러던 중 첫 공황발작이 찾아왔다.

어쩌면 마음 아픈 상황이 지속돼서 더는 견딜 수 없을 때 우리의 몸은 어떤 신호를 보내 이런 마음의 상태를 알리도록 설계되어 있는지도 모르겠다. 스트레스를 많이 받아 예민한 날이면 청량고추가 들어간 매운 떡볶이가 생각나고, 기분이 처지고 울적한 날엔 생크림을 듬뿍 올린 와플이나 진한 초콜릿을 찾게 되는 것처럼 어쩌면 내 아픈 마음은 공황발작으로 말을 걸어온 게 아니었을까?

정문정 작가는 책《무례한 사람에게 웃으며 대처하는 법》에서 "마음의 균형이 무너질 때 몸은 가끔 에러 메시지를 보내 우리를 잠시 멈추게 한다. 그때 마음을 잘 들여다보는 일은 어쩌면 몸을 찬찬히 이해하는 것과 같을 수 있다. 마음의 문제를 찾아 보듬어줄 때, 몸은 밸런스를 찾아 나간다"고 했다. 나는 이 부분을 읽으며 마음 깊이 공감했다. 공황 증상이야말로 마음에 보내는 가장 강력한 경고이자 신호다. 나의 경우는 이것을 깨닫는 데 참으로 오랜 시간이 걸렸는데, 이 글을 읽는 여러분은 그러지 않았으면 좋겠다.

나는 여전히 그때의 나에게 묻고 싶다. 그렇게 마음이 아팠을 때 기를 쓰고 앞으로 나아갈 것이 아니라 잠시 멈추었더라면 어땠을까. 분노하고 불안해할 그 시간을 상처받은 내 마음을 살피고 위로하는 데 할애했더라면 좋았을 텐데. 그랬더라면 나의 공황발작은 공황장애로 이어지지 않고 단순한 '해프닝'으로 끝나지 않았을까.

출장 가는 날,
서울역에서 6시 20분에 출발하는
KTX에 오르기 위해 서둘러 눈을 떴다.

출장지에서의 일은
오랫동안 신경 써온 일이었기 때문에
설렘과 긴장이 교차하는 마음으로
승강장으로 향했다.

그렇게 열차에 오르고 얼마 지나지 않아
또다시 심장이 뛰기 시작했다.
그런데 이번엔 모든 것이 예전보다
더욱 강하고 빠르게 진행됐다.

특히 이 열차에서 내가 원할 때
내릴 수 없다는 생각이
나를 끝없는 공포로 몰아넣었다.

이도 저도 할 수 없던 나는
화장실에 숨어 있다가 열차가 멈출 때마다
내렸다 타기를 반복하며
한 시간 넘게 불안에 떨어야 했다.

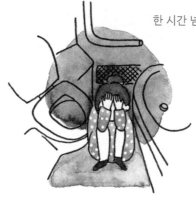

지금
KTX 열차가
들어오고
있습니다.

삐이~

그리고 그날 이후 평범했던 내 일상은
완전히 바뀌어버리고야 마는데….

◇ ◇ ◇

일을 할 때 나는 완벽주의 성향을 가진 사람이다. 원래부터 그랬던 건 아니다. 사회 초년생 시절, 지금과는 다른 회사인 대기업 연수원에서 교육 담당자로 일을 시작했다. 그때 엄격한 선배들에게 일을 배우고 트레이닝을 받았는데, 꼼꼼하지 못하고 덜렁거리는 성격 때문에 실수가 잦아 자주 혼이 났다. 그럴 때마다 무섭기도 하고 자존심도 많이 상했다. 선배들에게 혼나는 게 싫었던 나는 모든 일을 두 번 체크하는 습관을 길렀다. 뭐든 엑셀로 정리해야 안심할 수 있고, 세부사항까지 완벽하게 준비해야만 마음이 놓이는 건 이런 습관 때문이다.

완벽주의자의 단점은 계획과 다르게 흘러가는 상황을 견디지 못한다는 거다. 나 또한 마찬가지다. 모든 일을 계획한 대로 실행할 수 있기를 바랐고, 그렇게 되지 않을 때는 스트레스를 많이 받았다. 특히 일정이 갑자기 변경되거나 의사결정이 지연되고 번복되는 경우 스트레스가 심했다.

돌아보면 출장을 가던 그날도 그랬다. 오랫동안 준비

한 교육이지만 전날까지도 변경되는 세부 사항들이 있어서 한시도 마음을 놓을 수 없었다. 회사에서 인정받지 못하는 지금이야말로 실수 없이 잘 해내야 한다는 생각에 예민해질 대로 예민한 상태였다. 충분히 완벽했지만 더 완벽해야 한다고 스스로를 다그쳤다. 그렇게 이른 새벽부터 한 손에는 아메리카노를, 다른 한 손에는 엑셀로 만든 체크리스트를 들고 부랴부랴 KTX에 오른 그날은 몸도 마음도 참으로 분주했다.

두 번째 공황발작

"쿵."

열차에 올라 잠시 딴생각에 잠겨 있던 나는 문이 닫히는 소리에 크게 놀랐다. 그날따라 유독 문이 닫히는 소리가 크다고 생각했다. 이상했다. 그렇게 서서히 출발하는 열차 안에서 정신을 차리기 위해 차디찬 커피를 한 모금 마시고는 손에 든 체크리스트를 펼치려던 바로 그 순간이었다. 두 번째 공황발작이 시작됐다. 이번엔 그전에 겪었던 것보다 훨씬 크고 강렬하게 나를 덮쳤다.

'두근두근.'

터질 것 같은 심장소리에 나도 모르게 가슴을 부여잡았다. 숨이 턱까지 차올라 가빠오고, 온몸에 식은땀이 흘러내렸다. 무슨 일이 생길 것 같아 초조해졌다. 내려야 한다는 생각에 창밖을 내다봤지만 이미 열차는 선로를 미끄러지듯 달리는 중이었다. 온몸이 땀으로 흠뻑 젖어버린 나는 엎친 데 덮친 격으로 배탈이 난 것처럼 배도 아팠다.

'툭.'

마침내 무언가 내 안의 스위치를 올려버렸다. 난생처음 느끼는 공포와 두려움의 스위치였다. 이곳에서 지금 당장 탈출해야 한다는 생각만이 머릿속을 마구 맴돌았다. 열차에 무슨 일이 생긴 것도 아닌데 단지 당장 내릴 수 없다는 사실만으로 극도의 공포감을 느낀 적은 처음이었다. 질식할 것처럼 가쁜 숨을 몰아쉬면서 화장실과 자리를 왔다 갔다 하는 내 곁에 어느 순간 승무원이 다가와 무슨 문제가 있는지 물어보았다. 나는 애써 정신을 부여잡고는 다음 정차역까지 얼마나 걸리는지를 물었고, 약 40분 후에야 도착한다는 대답을 듣자 그대로 주저앉아버렸다.

그날 어떻게 출장지에 도착했는지는 잘 기억나지 않는다. 확실한 건 그렇게 힘든 와중에도 애써 준비한 교육에 차질이 생길까 봐 끝까지 버티고 열차에서 내리지 않았다는 거였다. 중간에 택시로 이동하는 중에도 계속해서 비슷한 증상이 있었다. 힘겹게 출장지에 도착하고 나니 심장이 뛰고 질식할 것 같은 신체 증상은 사라졌지만, 공포스러웠던 기억만큼은 또렷하게 남았다. 극도로 예민해진 나는 3일의 출장 기간 동안 단 한 끼도 제대로 먹을 수가 없었다. 당연히 일도 잘하지 못했다.

　　지금에서야 하는 말이지만 나는 그때 열차에서 내렸어야 했다. 잠시 숨을 고르며 컨디션을 추스를 동안 현장에 있는 다른 동료에게 도움을 구했어야 했다. 내가 없어도 회사는 절대로 망하지 않으니까. 흐트러짐 없이 완벽하고자 하는 마음 때문에 우리의 몸과 마음은 병이 든다.

그날 이후 나는 시시때때로 '그것'에 휩싸였고,

언제 또 '그것'이 찾아올지

모른다는 두려움에 늘 불안했다.

실제로 출장지에서는 물론

회사 사무실에서도 불현듯

심지어 집에서도 불쑥불쑥
'그것'이 나를 찾아왔기 때문이다.

그리고 그럴 때마다
곧 무슨 일이 생길 것만 같은 두려움에
이성적인 판단이 불가능해졌는데

그 느낌은 마치 너무나 익숙하고
편안했던 나를 둘러싼 세상이

순식간에 나를 공격하는 낯설고
두려운 존재로 바뀌어버리는 느낌이랄까.

✧ ✧ ✧

본격적으로 일상이 무너지는 경험이 시작되었다. 열차에서 겪은 증상은 시도 때도 없이 나타났고, 매번 고장난 자명종 시계처럼 갑자기 요란하게 울렸다가 사라지기를 반복했다. 나는 그럴 때마다 도무지 어떻게 해야 할지 몰라 당황했고 많이 무서웠다.

한번은 회사에서 일을 하던 중 증상이 시작된 적이 있었다. '철렁' 하고 심장이 내려앉는 느낌과 함께 온몸이 땀으로 젖으며 불안해지기 시작한 것이다. 이런 나의 상태를 누구에게 들킬까 봐 초조해진 나는 결국 버티지 못하고 사무실을 뛰쳐나와 증상이 사라질 때까지 들어가지 못했다. 당시엔 그저 빨리 도망치는 것 외에 할 수 있는 일이 없었다.

증상이 모두 사라진 후에도 불안하기는 마찬가지였다. 언제 또 그런 증상이 나타날까 싶어 초조하고 두려운 상태가 지속됐기 때문이다. 나중에야 알았지만 이것은 공황장애의 가장 큰 특징인 '예기불안'이라는 증상이었다. 나는 급격히 나타났다가 사라지는 공황 증상도 힘들었지만 이후 계속되는 예기불안이 더 괴롭고 힘들었다. 나는 불안하지 않아도 불안했다.

인터넷에는 왜

극복 후기가 없는 걸까?

✧ ✧ ✧

'갑작스런 심장 두근거림, 호흡 곤란, 식은땀'

분명 무언가 잘못되었다. 단 몇 번의 인터넷 검색만으로도 나는 쉽게 이 증상에 대해 찾을 수 있었다. 검색 결과는 하나같이 이것을 '공황장애'라고 말하고 있었다. 알수 없는 두려움과 공포. 증상이 있을 때마다 내가 느끼는 것과도 완벽히 일치했다. 한동안 이 결과를 믿을 수가 없었다.

나는 곧바로 인터넷에 극복 후기를 찾기 시작했다. 나처럼 어느 날 갑자기 증상이 나타났지만, 곧 아무 일 없던 것처럼 회복해서 다시 전처럼 잘 먹고 잘 살고 있다는 후기 말이다.

하지만 그런 희망적인 후기는 찾을 수 없었다. 대부분 병원 광고이거나 낫지 않아 오랫동안 고생 중이라는 식의 암울한 내용만 있을 뿐이었다. 사소한 것 하나에도 경험과 리뷰가 넘치는 정보의 홍수 속에서 어떻게 단 하나의 극복 사례가 없는 것일까? 혹시 치유가 되지 않는 병인 건가? 문득 두려워졌다.

왜 이런 일이 생긴 거지?

이쯤 되자 나는 '왜?'라는 질문에 집착하기 시작했다. 열심히 성실하게 살아온 나에게 왜 이런 일이 생긴 건지, 도대체 왜 이런 벌을 받게 된 건지, 회사에서 인정받고 싶었던 마음과 막돼먹은 상사의 막말 때문에 충격을 받아 정신이 이상해진 건 아닌지, 어쩌면 회사에서도 엄마로도 완벽하지 못했던 스스로에 대한 자책 때문은 아닌지. 끊임없이 원인을 생각하며 스스로를 몰아세웠다.

그런데 집요하게 답을 찾고자 하면 할수록 공황 증상은 더욱 거세게 나를 덮쳐왔다. 급기야는 관련된 생각을 하려고만 해도 심장이 뛰고 증상이 시작되었다. 그제서야 나는 모든 생각을 멈추기로 결심했다. 왜 이런 일이 생긴 건지 생각하는 걸 멈추고 답을 구하려고 하지도 않았다. 내게 도움이 되는 긍정적인 후기가 없으니 인터넷을 검색하는 것도 그만두었다. 모든 걸 있는 그대로 두기로 한 것이다.

원치 않는 현실을 그저 지켜보기만 하는 건 무척 괴

로운 일이지만, 내가 처한 상황이 그러하니 어쩔 수 없었다. 다행히 그렇게 아무런 생각도 하지 않자 증상도 줄어 조금은 덜 괴로웠다. 비록 원하던 극복 후기를 찾지는 못했지만, 검색을 통해 알아낸 사실도 있었다. 이 병을 치료하기 위해서 어디에 가야 하는지를 말이다.

　살면서 절대 갈 일이 없을 줄 알았던 곳.

　그곳은 '정신과'였다.

몸의 병

마음의 병

✧✧✧

오래전부터 심한 우울증을 앓고 있는 친구가 있다. 그녀는 가끔씩 자신의 병에 대해 말하곤 했다. 그녀의 우울증은 한동안 좋아지는 것 같다가도 하루아침에 다시 심해지기를 꽤 오랫동안 반복해왔다. 친구는 출산 후 우울증이 다시 심해졌고, 담당 의사로부터 약을 평생 복용하는 게 어떻겠냐는 제안을 받고는 무척 심란해했다.

우리는 자주 서로의 안부를 묻고 소식을 전하지만 솔직히 말해 나는 그녀의 우울증에 별로 관심이 없었다. 그녀가 "세경아, 나 우울증이 심해져서 다시 병원에 다녀왔어"라고 하면 '아, 이 친구에게 우울증이 있었지'라고 기억해내는 수준이었지 우울증이 어떤 병인지, 또 그것을 겪는 친구가 얼마나 힘이 들지 궁금해본 적은 없었다. 그렇게 말하는 그녀가 전혀 아프거나 힘든 사람처럼 보이지 않았기 때문이다.

어쩌면 친구의 아픔에 무심했던 내가 벌을 받는 걸까? 그날도 나는 일렁이는 불안의 파도를 간신히 붙잡고 남편에게 말을 꺼냈다.

"오빠, 나 아무래도 공황장애 같아."

"그래? 그럼 병원에 가봐."

남편은 별로 놀란 것 같지도 않았다. 그저 평소와 같은 차분한 대답이 돌아왔다.

때마침 남편은 딸에게 밥을 먹이느라 식탁에서 전쟁을 벌이는 중이었다. 도망가는 딸을 잡으러 다니느라 내 말에 신경 쓸 여유가 없어 보이긴 했지만, 나는 그 반응이 무척이나 서운하게 느껴졌다. 타인의 아픔에 그토록 무관심했던 내가 나의 아픔은 누가 알아주길 바라다니. 그 순간 자연스레 우울증을 앓는 그 친구가 떠올랐다. 내가 아무리 남편에게 내 상태를 설명해도 쉽게 공감하기 어려울 거라는 생각이 들었다.

'나 너무 힘들고 무섭단 말이야!'

그날 내 마음속 외침은 끝내 입 밖으로 나오지 않았다.

고독한 병에 걸린 누군가를 위로하는 방법

우리는 종종 타인의 공감과 그런 말 한마디에서 앞으로 나아갈 용기를 얻는다. 유독 지치고 힘든 상황에서는 더더욱 그런 위로가 빛을 발한다. 그런 의미에서 공황장애는 참으로 지독한 병이다. 눈에 보이는 아픔이 아니라는 것 때문에 오롯이 혼자만 겪게 되는 고독한 병. 분명 아프고 힘든데 어디 가서 하소연도 못하고, 그래서 더욱 절망에 빠지게 되는 외롭고 쓸쓸한 병. 마음의 병은 그런 것이었다.

그제야 깨달았다. 누군가 내게 이런 마음의 병을 이야기한다는 게 얼마나 용기가 필요한 일인지. 그리고 그럴 때 어떻게 하는 게 상대방을 돕는 것인지.

아이러니하게도 나는 "힘내"라거나 "괜찮아질 거야"라는 흔한 위로의 말에는 전혀 위로받지 못했다. 분명 나를 위하는 말임에도 상대방이 나의 처지를 이해하지 못한다는 느낌을 받았기 때문이다.

고독한 병에 걸린 누군가를 위로하는 방법은 의외로 무척 간단하다. 단 몇 초만이라도 진지하게 상대방의 이야기를 들어주는 것, 그 사람의 상황과 처지에 관심을 가지고 공감해주는 것. 그거면 충분하다. 정말이다. 그런 의미에서 다음에 그 친구를 만나면 내가 먼저 이렇게 말할 생각이다.

"한비야, 요즘 우울증은 좀 어때?"

시간이 조금 지난 후 나는 남편에게 따져 물었다. 어떻게 그렇게 반응할 수 있냐고, 실은 그때의 담담한 반응이 나를 더 힘들게 했다고 말이다. 그 말을 들은 남편은 억울해하며 펄쩍 뛰었다. 몇 날 며칠을 밥도 잘 못 먹고 힘들어하는 나를 위해 일부러 대수롭지 않은 척을 했다는 거다. 뭐, 믿거나 말거나!

Part 2

지하철이
무섭다고
퇴사할 순 없잖아

정신과만은 정말
가고 싶지 않았는데

평소 밝은 성격을 가졌다고 자신했던 나였다.

그랬기에 더더욱 정신과 치료를
받아야 한다는 걸 받아들이기 힘들었다.

정신과는 이상한 사람, 나약한 사람들이나
가는 곳이라고만 생각해왔기에

나 또한 그렇게 보일까 봐
꽁꽁 숨기려고 했던 것 같다.
나도 그냥 아픈 사람일 뿐인데….

병원은 가지 않겠다고 다짐하면서
언제 또 그것이 덮칠지 모른다는 생각에
나는 예민해질 대로 예민해졌는데

문득 나의 이런 상태가
함께 놀자고 조르는 딸에게 집중할 수조차 없는
상태라는 걸 깨달았다.

내가 불안하다는 사실보다
딸에게 웃어줄 수 없는 엄마가 된다는 게
더욱 슬픈 일처럼 느껴졌기에

나는 비로소 용기를 내어
정신과 진료를 받기로 마음먹었다.

✧ ✧ ✧

나는 정말로 정신과에 가기 싫었다. 그곳을 생각하면 어릴 때 읽었던 소설 《주홍 글씨》가 떠올랐기 때문이다. 내용이 정확히 기억나진 않지만, 주인공이 가슴에 부끄러운 낙인을 품고 죽을 때까지 손가락질 받아야 했던 장면들이 생각났다. 나 또한 정신과 진료를 받으면 정신이 이상한 사람으로 분류되어 평생 손가락질을 받게 될 것만 같았다. 아무래도 선뜻 용기가 나지 않았다.

처음 한동안은 어떻게든 병원에 가지 않고 스스로 극복해보려고 노력했다. 지독한 감기처럼 한동안 힘들어도 참고 견디면 언젠가 말끔히 지나갈 거라고 생각했다. 전보다 자주 외식을 하며 값비싼 꽃등심 스테이크를 사먹고 주말이면 늘어지게 잠도 자보았다. 하지만 증상은 조금도 나아지지 않았다. 오히려 그럴 때마다 애쓰는 나를 조롱이라도 하듯 증상은 더 심해지는 것 같았다. 몸의 감기와 마음의 감기는 전혀 다른 것이었다.

하루는 집에서 온종일 예기불안에 시달린 적이 있었

다. 그날은 주말이라 출근을 하는 것도 아니고, 그렇다고 딱히 신경 쓰이는 일이 있었던 것도 아니었다. 집이라는 가장 편안하고 익숙한 공간에서 사랑하는 가족과 함께 였지만 나는 불안해하고 있었다. 자꾸만 심장이 철렁 내 려앉고 두근거렸다. 신경이 온통 예민해진 나는 잠시도 맘 편히 쉴 수 없었다.

딸은 어리지만 눈치가 빨랐다. 딸에게만큼은 내 상태 를 모르게 하고 싶었던 나는 최대한 평소처럼 행동하려 했지만 결국 들키고 말았다. 그 조그마한 눈으로 평소와 다른 엄마의 느낌을 감지했던 것이다.

"엄마" 하고 다정하게 부르며 품에 안기는 딸에게 나 는 간신히 어색한 미소를 지어 보였다. 목소리 톤을 바꿔 가며 항상 하던 인형 놀이도 결국 하지 못했다. 그저 언 제 덮칠지 모를 공포를 미리 걱정하고 두려워하느라 아 무것도 할 수 없었다.

곧 아이의 눈에 잔뜩 실망의 그림자가 비쳤다.

'아차!'

예상하지 못한 포인트였다. 딸은 평소 많은 시간을 보내지 못하는 엄마와의 주말을 무척 기다렸을 것이다.

불과 얼마 전 함께했던 기차 여행을 그리도 좋아하던 딸이었는데, 앞으로는 그런 추억을 만들 수 없을지도 모른다고 생각하니 미안해졌다. 무엇보다 지금처럼 불안에 떠는 엄마, 어딘가 이상한 엄마로 기억될지 모른다는 생각에 슬퍼졌다. 어쩌면 이 몹쓸 병 때문에 내게 가장 소중한 걸 지키지 못할지도 모른다고 생각한 순간 정신이 번쩍 들었다.

'엄마는 강하다'와 같은 말은 왠지 억척스러움을 강요하는 것 같아 좋아하지 않지만, 그때만큼은 이 말을 떠올리자 힘이 났다. 마침내 나는 정신과에 가기로 결심했다. 내게 무엇이 더 중요한지를 냉정하게 생각한 결과였다. 나에겐 어떤 낙인이 찍히지 않는 것보다 다시 예전처럼 편안하고 행복하게 사는 것이 더 필요하고 간절했다. 무엇보다 하루라도 빨리 이 병을 극복해야 할 이유가 생겼다. 나는 딸에게 좋은 엄마로 기억되고 싶었다.

병원에 가기로 마음을 먹고 신촌의 큰 대학병원에
전화를 걸자 최소 3주는 기다려야 한다고 했다.

지금의 상태로는 단 3일도 지체할 수가 없는데
3주나 기다려야 한다니….

아무래도 큰 병원보다는
가까운 병원이 좋을 것 같아
회사 근처에도 병원이 있는지 찾아보았다.

그런데 회사 근처에 정말 많은
정신과가 있는 걸 보고 나는 조금 놀랐다.

특히나 내과보다 정신과가

더 많은 것은 정말로 의외였다.

심지어 그 많은 병원들도 예약이 꽉 차 있어

최소 며칠은 기다려야 하거나

시간을 맞추기가 어려워서

나는 정말 정말 힘들게
병원을 예약할 수 있었다.

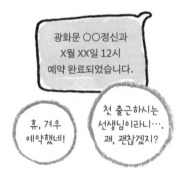

그렇게 나는 운명처럼 그를 만나게 되었다.

✧ ✧ ✧

정신과에 가기로 결심하고 나니 어떤 병원을 선택해야 할지 고민이 됐다. 정신과 진료가 처음이라 두렵기도 했지만, 눈에 보이지 않는 부분을 다루는 것이니만큼 자연히 병원 선택에도 신중해졌다.

처음엔 무조건 큰 병원에 가야 한다고 생각했다. 신촌에 있는 대학병원에 전화를 걸었더니 진료를 위해서는 로컬 병원의 진단서가 반드시 있어야 한다고 했다. 게다가 진단서를 가지고 오더라도 가장 빠른 날짜는 3주 이후였고, 유명한 선생님은 두 달 가까이 기다려야 한다는 게 아닌가. 대학병원 예약이 어려울 거라는 걸 예상은 했지만, 지금 상태로 몇 주를 기다리는 건 시간 낭비라는 생각이 들었다. 큰 병원은 규모가 크고 체계적이지만 필요할 때 곧바로 도움받기는 힘들겠구나 싶었다.

"어쩌면 동네 병원이 더 나을 수도 있어."

병원 선택 문제로 고민하는 나를 보며 남편이 말했다. 앞으로 얼마나 오랫동안 병원에 다녀야 할지는 모르지만, 꾸준한 치료를 위해서는 회사나 집에서 가까운 병원이 다니기 편하지 않겠냐는 이유였다. 당시 나는 시도 때도 없이 들이닥치는 공황 증상으로 무척 지쳐 있는 상태였다. 체계적인 치료도 중요하지만 가까운 곳에 도움의 손길이 있다는 심리적 안정도 중요하다는 생각이 들었다. 결국 회사 근처에 있는 병원을 찾아보기로 했다.

정신과가 이렇게나 많을 줄이야

가장 먼저 한 일은 휴대폰에 있는 지도 앱을 켜고 회사를 중심으로 가까운 정신과를 검색하는 일이었다. 부디 너무 멀지 않은 곳에 적당한 병원이 있기를 바라면서. 그리고 곧 그런 나의 염려는 쓸데없는 것이었음을 깨달았다. 회사에서 도보로 10분 이내의 거리에 무려 다섯 군데가 넘는 정신과가 있는 게 아닌가.

문득 얼마 전 회사에서 심한 감기몸살을 앓았던 때가 생각났다. 한참 일을 하던 중 고열과 근육통이 심해졌지만 병원에 갈 수가 없었다. 잠시 외출을 하거나 점심시간을 이용해 병원에 다녀오려 했지만 정작 회사 근처에 내과가 없었기 때문이다. 결국 몸이 아픈 채 꾸역꾸역 버티다 퇴근 후 집 근처에 있는 병원에 갔었다. 힘들었던 그날의 일을 생각하니 지금 내 눈앞의 결과가 더 믿기지 않았다.

서울의 도심 한복판 빼곡한 빌딩 숲에 이렇게 많은 정신과가 있고, 그마저 예약이 가득 차 있다는 사실은 놀라우면서도 묘하게 위로가 되었다. 얼마나 많은 사람들이 나와 같은 아픔을 겪고 있는 것일까. 아니 도대체 언제부터 회사 근처에 이리도 많은 정신과가 있었던 걸까. 정작 내과는 단 한 군데도 없는데 말이다.

> TIP
> 공황 에세이를 연재하면서 병원을 추천해달라는 연락을 정말 많이 받았다. 그럴 때마다 나는 집이나 회사에서 가까운 병원을 선택하라고 조언하곤 한다. 실제로 병원이 회사 근처에 있으니 점심시간을 이용해 잠깐 다녀올 수 있어 편리했고, 따로 시간을 내지 않아도 되니 꾸준히 치료를 이어가는 데 큰 도움이 되었다.

정신과와 그곳의 사람들

처음 정신과 진료를 받던 날.
이렇게 찾아간 병원 입구에 적힌
'정신과'라는 글자를 보자
나도 모르게 긴장이 됐다.

침을 한 번 꿀꺽 삼키고 들어가니 친절한 간호사 님이
조금 두꺼운 검사지를 내게 건네주었다.

나는 푹신한 의자에 앉아
검사지에 체크하면서
천천히 주위를 둘러보았다.

내가 생각했던
정신과의 모습은
왠지 살벌할 것만
같았는데

그곳은 오히려 거실같이 포근한 분위기였다.
덕분에 잔뜩 긴장했던 마음이
한결 편안해지는 걸 느낄 수 있었다.

더욱 놀라운 건 대기하고 있던 대부분의 사람들이
내 또래 혹은 더 어린 젊은 직장인이라는 사실이었다.

생각보다 많은 사람들이 보이지 않는
각자의 아픔을 가지고 있다는 사실에
왠지 모르게 안심도 되고

이곳도 그저 아픈 사람을 치료하는
'그냥 병원'일 뿐이라는
이런저런 생각에 잠겨 있던 중

마침내 내 이름이 호명되었다.

김세경 님,
들어오세요.

❖ ❖ ❖

'정신과'

유난히 큰 글씨로 쓰여진 병원 문 앞에 서니 긴장됐다.

'결국 와버렸네. 잘한 선택이겠지? 병원에 오지 않고 치유하는 방법은 정말 없는 걸까? 그냥 자연 치유 같은 거 말이야.'

짧은 순간이지만 여러 생각이 들며 망설여졌다. 성큼 문을 열고 들어갈 수 없는 건 '정신'이라는 단어가 자꾸만 거슬려서인 것 같았다. 저 문을 열고 들어가면 공식적으로 정신에 문제가 있는 사람이 되는 듯한 느낌이라고나 할까. 그렇다고 점심도 포기하고 왔는데 그냥 돌아갈 수도 없었다. 나는 크게 심호흡을 한 번 하고 병원 문을 열었다.

병원에 들어서니 가장 먼저 작은 안내데스크가 보였다. 그곳에는 간호사 한 명이 바삐 움직이고 있었다. 전화로 예약도 받고, 진료 접수와 안내도 하고, 처방전이 나오면 약 조제까지 직접 하고 있었다. 정신과의 시스템은 일반 병원과는 좀 다른 것 같았다. 신기했다.

바쁜 간호사를 제외하고 실내는 한없이 조용했다. 곳곳에는 크고 작은 화분들이 많았는데 얼핏 세어봐도 스무 개가 넘었다. 언젠가 실내 식물이 스트레스 완화에 도움을 준다는 이야기를 들은 것 같은데, 그런 의도일까 하는 생각이 잠깐 스쳤다. 그 외에 푹신해 보이는 소파와 1인용 윙 체어가 군데군데 놓여 있고, 조그마한 스피커에서 흘러나오는 잔잔한 클래식이 더해져 공간 전체가 '긴장을 풀고 편히 계세요'라는 암묵적인 사인을 전하고 있었다. 왠지 살벌한 분위기를 상상했던 나는 덕분에 한결 편안해졌다.

먼저 간호사에게 신분 확인을 하고(처음 정신건강의학과를 간다면 반드시 신분증을 챙겨가야 한다), 두툼한 검사지를 건네받았다. 첫 진료에 앞서 전반적인 정신 건강 상태를 검사하는 것이라고 했다. 문항 수가 많아 응답에 꽤 시간이 걸렸다. 문항은 최근 3개월간 일상생활에 관한 사소한 질문으로 시작해서 서서히 과거로 거슬러 올라가는 구조였다. 가족관계나 성장과정처럼 나의 근본에 관한 것부터 성생활처럼 민감한 질문도 다수 포함되어 있었다. 나는 모든 질문에 솔직하게 응답하려고 노력했고, 잠깐이었지만 답변을 생각하는 것만으로도 과거와 현재의 나를 돌아보는 계기가 되었다. 검사지 작성에 총 30분 정도가 소요되었다.

검사지를 제출하고 다시 한번 주위를 둘러봤다. 당시 병원엔 나를 포함해 총 다섯 명이 대기 중이었는데 대부분 내 또래이거나 나보다 어린 30대 초반처럼 보였다. 그들의 모습은 나와 많이 닮아 있었다. 하나같이 비즈니스 캐주얼을 입고 운동화가 아닌 구두를 신었으며, 목에는 사원증을 걸고 있었다. 사원증의 로고만으로도 서로가 어느 회사를 다니는지 알 수 있을 정도였다.

이렇듯 평범한 사람들의 모습을 보고 있자니 이곳이 정신과 대기실이 아니라 마치 회사 탕비실 같은 느낌마저 들었다. 각자 어떤 이유와 아픔으로 이곳을 찾았는지는 잘 모르겠지만 한 가지는 분명해졌다. 생각보다 많은 사람들이 나와 같은 아픔을 겪고 있고 극복하기 위해 노력하고 있다는 사실이었다. 그것만으로도 어쩐지 위안이 되었다.

조심스레 노크를 하고 들어간 방은
병원 진료실이라기보다 그냥 사무실 같았다.

그리고 내 앞에 두 손을 포개고
앉아 있는 선생님의 첫인상은

첫 출근이어서 그런지
환자인 나보다도 더 긴장한 모습이었다.
(이분이 공황 상태인 듯 ㅋㅋ)

그는 상당히 진지한 성격의 소유자로
그간 내가 만난 사람들 중 역대급 사차원이었다.

하지만 그는 무려 30분 동안이나
나의 이야기를 진지하게 경청해주었고

어쩌면 너무도 듣고 싶었던
"공황발작이 있어도 아무 일도 일어나지 않는다"는 말과

"반드시 좋아진다"는 말을 해주었다.
그의 진심 어린 한마디는 그 순간에도
불안에 떨고 있던 내게 큰 힘이 되었다.

비록 이 지독한 병의 끝을 알 순 없지만,
나는 그날 한 발 앞으로 나아갈
용기를 얻은 것만은 분명했다.

❖ ❖ ❖

"공황장애입니다."

이미 예상했던 터라 의사로부터 그 말을 듣고도 크게 놀라지는 않았다. 다만 곧바로 눈물이 터져 나와 마구 흐르기 시작했다.

"저 나을 수 있나요? 이 증상이 없었을 때처럼 살고 싶어요."

나는 흐르는 눈물을 닦으며 말했다. 이 병이 무엇이고 왜 생긴 건지는 중요하지 않았다. 다만 치료가 가능한지, 다시 전처럼 살 수 있는지가 궁금할 뿐이었다. 하루라도 빨리 나를 집어삼키는 듯한 공포로부터 벗어나고 싶다는 생각이 간절했다. 선생님은 그런 내게 휴지를 건네며 말을 이었다.

"이 병은 '마음의 병'입니다."

"'마음의 병'이라구요?"

"네. 물론 여러 가지 원인이 있겠지만, 과도한 스트레스를 경험하면서 공황 증상이 나타나기도 하거든요. 그래서 이것을 '마음의 병'이라고 부른답니다."

의사는 나의 공황장애를 '마음의 병'이라고 불렀다. 마음이 힘들어 생긴 병이니 먼저 마음을 편히 가져야 한다는 것이다. 선천적으로 어떤 부분이 약해서 또는 몸 관리를 잘하지 않아서 생긴 게 아니니 다행으로 여겨야 하는 걸까? 마음의 경계라는 건 너무도 모호해서 살면서 한 번도 신경 써본 적 없었는데. 마음을 편히 가진다는 게 어떤 건지 도무지 이해되지 않았다.

그날은 주로 내가 겪었던 증상에 관해 구체적인 질의응답을 나누며 이것이 공황장애가 맞는지 확인하는 시간을 가졌다. 나는 지하철과 KTX에서의 경험, 그 후 일상에서 일어나는 증상에 대해 자세히 설명했고, 그는 시종일관 진지한 태도로 내 이야기를 경청하며 관련된 질문을 추가로 던졌다.

"선생님, 솔직하게 말씀해주세요. 저 정말 나을 수 있는 거 맞죠?"

나는 마지막으로 질문을 했고, 의사는 확답 대신 이렇게 말했다.

"세경 님, 다행히도 공황장애는 약물이 잘 듣는 질환

이에요. 충분히 좋아지실 수 있을 거예요. 너무 염려하지 .
마세요. 괜찮아지실 겁니다."

아쉽게도 의사로부터 완치에 대한 확답을 받은 것도,
증상이 바로 좋아지는 경험을 한 것도 아니었다. 하지만
의학적 지식과 자격을 갖춘 전문가와 이야기를 나누고
도움을 받을 수 있다는 사실만으로도 충분히 의미 있는
발걸음이었다.

공황발작은 누구나 살면서 한 번쯤 경험할 수 있는
흔한 증상이며, 내가 상상하는 무서운 일은 절대로 일어
나지 않는다는 그 말에 나는 안심했다. 진료를 받고 돌아
오는 길엔 속으로 이런 다짐도 했다.

'대한민국에서 이 선생님보다 내 병을 잘 아는 사람
은 없을 거야. 믿고 가보자!'

그런 의미에서 정신과에 간 것은 충분히 잘한 선택이
고 용기 있는 결단이었다는 생각이 든다. 적어도 혼자서
인터넷을 뒤지며 불안한 상상의 나래를 펼치는 것보다
는 훨씬 나은 선택이니까.

마음의 병은
부끄러운 게 아니야

"몸꼴 내다 얼어 죽는다."

어릴 때 우리 아빠는 자주 이렇게 말씀하셨다. 주로 추운 겨울 미니스커트를 입고 외출을 하고 돌아온 날이면 으레 이런 꾸중의 말을 듣곤 했다. 추운 날 멋을 부린다고 옷을 얇게 입는 걸 나무라는 말이었는데, 나는 정신과에 가는 게 두려워 가지 못하고 홀로 고군분투하는 사람들을 볼 때면 이 말을 떠올리곤 한다.

"작가님, 저는 아직도 병원에 갈 용기가 나지 않아요. 증상이 점점 심해져서 이제는 마트도 못 가고 친구들도 못 만나고 숨어버리게 되는 것 같은데…."

실제로 브런치에 연재한 내 글을 읽고 연락을 준 독자들 중에도 정신과에 가는 것에 대한 두려움 때문에 혼자 힘들어하는 경우가 많았다. 마음이 아파서 병원에 가는 데 왜 그토록 용기가 필요한 것일까?

우리는 정신과에 가는 걸 꺼려하지만 정작 정신과에 대해 잘 모른다. 가본 적이 없고 잘 모르기 때문에 두려워하고 거부하는 것이다. 게다가 드라마나 영화에서 보아왔던 끔찍한 상상이 더해지면서(나는 정신과에 가면 여기저기 비명이 들리는 끔찍한 분위기를 마주하게 될 거라 상상했었다) 그곳은 살면서 절대 가선 안 되는 금지구역처럼 느껴지기도 한다. 한때 내가 그랬던 것처럼 아직 많은 사람들이 스스로 이상한 사람이 되는 것 같아 가지 못하고, 남들에게도 이상한 사람으로 보일 것 같아 가지 못하는 것 같다. 정작 치료가 필요한 순간에도 말이다.

미국 사람들은 기분이 처지고 집중이 안 될 때 스스럼없이 정신과에 가서 상담을 받는다고 한다. 아무도 그걸 이상하게 여기지 않을뿐더러 오히려 당연하게 생각한다는 것이다. 우리의 시선도 그랬으면 좋겠다. 치아가 아프면 당연스레 치과에 가고 속이 쓰리고 소화가 안 될 땐 내과를 찾는 것처럼, 원치 않는 정신적 증상으로 힘이 들고 일상생활에 어려움을 느낀다면 정신과의 문을 두드리는 게 자연스러운 일이 되면 좋겠다.

정신과에 간다고 정신이 이상한 사람이 되는 건 아니다. 지금도 병원에 가는 걸 망설이는 여러분에게 이 말을 꼭 전하고 싶다. 부디 부정적인 인식이나 주위의 시선 때문에 정신과에 가는 걸 꺼리지 말라고, 그곳은 그냥 병원일 뿐이며 생각보다 편안하고 괜찮은 곳이라고 알려주고 싶다. 그럼에도 여전히 용기가 나지 않는다는 분들을 위해 좀 더 냉정한 한마디를 덧붙여본다.

"몸꼴 내다 얼어 죽습니다. 어서 병원에 가세요."

왠지 꺼려지는 정신과 약, 먹을까? 말까?

우울하지도 않은데 우울증 약은 왜 먹는데요?

이걸 매일 먹어야 한다구요?

나는 두 종류의 약을 처방받았는데,
항우울제와 항불안제였다.
그리고 공황발작이 올 것을 대비해
비상약을 좀 더 받았다.

항우울제가 공황장애의 원인인 세로토닌 불균형을 치료하는 역할을 해요.

항불안제가 세경 님의 불안을 즉각적으로 줄여준다면,

우울증 약은 보다 서서히 작용하게 될 거예요.

정신과의 약물치료라는 것은 먹으면 곧바로
효과가 나타나는 진통제 복용 같은 것이 아닌,
보다 치밀하고 섬세한 계획적인 것이었다.

솔직히 말해 약을 최소 3개월 이상
꾸준히 먹어야 한다니
약에 의존하게 될까 봐 겁도 나고
왠지 모르게 거부감이 들었다.

정신과 약,
정말 정말 먹기 싫은데 약을 안 먹고
이겨내는 방법은 없을까?

의사 선생님이 말했다.
약을 먹는다고 해서
중독되는 건 아니라고.

그저 지금은 내 마음에 불이 났으며

약을 먹는 건 활활 타오르는
급한 불을 끄는
일일 뿐이라는 것이다.

우선 뜨겁게 타오르는
이 불부터 끄고 나서
차근차근 이겨내자는 말에
나는 또 한번 안심할 수 있었다.

나   우울하지 않은데 항우울제를 먹어야 하나요?

선생님 항불안제는 즉각적으로 불안을 줄여주는 약이
        고, 항우울제는 보다 근본적인 치료를 위한 약
        으로 신경전달물질인 세로토닌(serotonin)의
        균형에 도움을 줄 거예요.

나   세로토닌이요?

선생님 네, 공황장애에는 여러 가지 원인이 있지만,
        세로토닌의 불균형을 주된 원인으로 보는 견
        해가 있어요. 항우울제는 이런 불균형에 도움
        을 주는 약으로 효과를 나타내는 데 최소 2~3
        주가 소요됩니다.

나   헉! 그렇게나 오래 걸린다고요?

선생님 네, 그러니 증상이 나아진다고 해서 약을 중단
        하거나 임의로 줄이시면 안 돼요. 약은 추후
        경과를 보면서 서서히 줄여나가는 것이 원칙
        입니다. 아셨죠?

나   네, 그럼 약을 얼마나 먹어야 하는 건가요?

선생님 공황장애의 약물치료는 기본 3개월에서 6개
월 정도 지속합니다. 물론 그것도 경과가 아주
좋은 경우에 한해서지만요.

앞으로 먹어야 할 약의 종류와 복용 기간에 대한 설
명을 듣자 좀 당혹스러웠다. 왠지 정신을 약에 의존하는
것 같아 내키지 않을뿐더러, 혹시 중독이라도 되는 건 아
닐지 꺼려졌기 때문이다. 심지어 약을 최소 3개월 넘게
복용해야 한다니. 어느새 머릿속엔 영화의 한 장면처럼
여주인공이 약에 의존해 하루하루를 힘겹게 버티는 모
습이 한껏 과장되게 그려졌다. 이 약을 먹어야 할지 말아
야 할지 고민됐다.
　"그런데 선생님, 약을 안 먹고 나을 수 있는 방법은 정
말 없을까요? 중독될까 봐 좀 걱정돼서요."
　나는 진료실 문을 나서다 말고 돌아서서 다시 물었
다. 실은 이때까지만 해도 약을 먹지 않는 쪽으로 생각하
던 참이었다. 그런 내 생각을 들키기라도 한 걸까. 의사
는 자리에서 일어나 나를 향해 몇 걸음 걸어 나왔다. 그
리고 나와 눈높이를 맞추며 말했다.

"많이 걱정되시죠. 정신과 약에 중독된다는 건 흔한 오해입니다. 그건 사실이 아니에요. 항불안제의 경우 장기간 복용하다 중단했을 때 신체 증상을 유발할 수도 있지만, 제가 처방해드린 건 부작용을 걱정할만한 용량은 아닙니다. 그러니 안심하세요."

그는 설득의 달인이었다. 나의 공황 증상을 불이 나 활활 타오르는 마음에 비유하면서 이렇게 뜨거운 상태에서는 아무것도 할 수 없다는 것을 거듭 강조했다. 우선 약으로 급한 불부터 끄고 그다음에 불이 난 원인도 찾고 자신감도 회복해보자는 것이다.

"약, 꼭 드세요. 정말 괜찮을 거예요."

그는 이 한마디로 흔들리던 내 마음을 단숨에 정리해주었다. 의사가 환자에게 약을 주며 꼭 먹으라고 하는 게 특별한 일이 아닌 것처럼 보일 수 있겠지만, 그 당시 내게 이 한마디는 꼭 붙잡고 싶은 동아줄 같은 것이었다.

'정신과 약, 먹을까? 말까?'

만약 약에 대한 두려움과 거부감으로 망설이고 있다면 지금 느끼는 고통의 크기를 먼저 가늠해보면 좋겠다.

화재경보기의 요란한 울림을 대수롭지 않게 넘길 수 있는 정도라면 참 다행한 일이다. 그저 "나 오늘 이런 경험을 했어" 하고 넘기면 될 테니 말이다. 그런데 그렇지 않은 상황이라면 어떨까? 수시로 화재경보기가 울려대고 그럴 때마다 뜨거운 불길이 일상으로 마구 번지는 경험을 하고 있다면? 타오르는 뜨거운 불길 속에서 홀로 얼마나 견딜 수 있을지, 과연 무사히 빠져나올 수 있을지는 아무도 모르는 일이다. 물론 그럼에도 이 모든 과정과 선택은 자신의 몫이겠지만.

지하철이 무섭다고
퇴사할 순 없잖아

　오전 7시 40분. 이른 아침 지하철 플랫폼엔 출근을 서두르는 사람들로 빼곡했다. 왕복 세 시간이 넘는 출퇴근 거리 중 지하철에서 보내는 두 시간은 어린 시절 자주 하던 '뽑기' 같았다. 엄지손톱 만한 작은 종이를 펼치면 경품도 있고 꽝도 있던 것처럼, 공황 증상이 없는 날도 있고 있는 날도 있었다. 사전 예고나 전조 증상 같은 건 없었다. 출근을 하다가 증상이 나타나면 한 번 내렸다 타는 날도 있고, 두 번 내렸다 타는 날도 있었다. 어떻게든 회사에는 갔다.

　그러던 중 교육으로 또 출장이 잡혔다. 전엔 교육을 하는 날이면 기대감에 가슴이 뛰고 설레었는데, 공황장애에 걸린 후론 걱정과 두려움에 가슴이 뛰었다. 교육 장소와 집과의 거리는 363킬로미터. 출장지는 멀고 교통이 불편했다. 어김없이 새벽 4시에 기상해서 서둘러 준비하고 지하철을 한 시간 탄 다음, KTX로 환승해 두 시간을 달려야 한다. KTX에서 내린 후엔 택시를 타고 한 시간가량을 버텨야 겨우 도착하는 고된 일정을 생각하자 숨이 턱 막혔다. 지하철과 KTX 그리고 택시. 어느 것 하나 쉬울 게 없는 출장을 앞두고 공황장애 환자의 또 다른 고민이 시작되었다.

'병가를 내고 쉬어볼까? 아니면 사표를 내고 당분간 치료에 전념하는 건 어떨까?'

안 그래도 매일 출퇴근길을 견디는 게 힘들었던 내게 여러 가지 생각이 머리를 스쳐 지나갔다. 그러던 중 문득 회사의 어떤 선배의 일이 떠올랐다. 나와 부서는 달랐지만 내가 육아휴직을 마치고 복직했을 때 집에 두고 온 아이 때문에 마음 아파하지 말라며 직접 찾아와 위로를 건넨 분이었다. 힘든 부서를 이끌면서도 후배들을 향한 따스한 격려를 잊지 않던 분. 나는 그가 가진 리더십과 부드러운 카리스마가 좋았다.

그런데 그의 마지막은 어딘가 좀 이상했다. 갑작스레 건강상의 이유로 휴직을 했다가 곧바로 퇴사를 했다. 퇴직 의사도 가족을 통해 회사에 전달했고, 끝까지 이유를 밝히지도 않았다. 스트레스가 너무 심하니 자신에게 일체 연락하지 말라는 부탁만 남았다. 회사에 있던 개인 물품을 챙겨 가지도 못할 정도로 황급히 떠나버린 그 선배는 그렇게 어느 날 갑자기 세상에서 완전히 숨어버렸다. 혹시 그도 공황장애는 아니었을까? 만일 그렇다면 모든 상황이 이해가 된다. 어쩌면 나도 모르는 새 나와 같은 병을 가진 사람을 알아보는 능력이 생긴 것 같다.

그 선배처럼 회사를 그만두는 게 당장은 도움이 될 것 같았다. 거의 매일같이 겪고 있는 출퇴근길의 공포와 시도 때도 없는 예기불안에 시달릴 일도 그리고 출장이 잡힐 때마다 이렇게 두려워하고 걱정할 일도 없을 테니까. 그렇게 쉬면서 병을 극복하는 해피엔딩에 잠깐 마음이 쏠렸다.

그런데 그 순간 나에게 상처를 주었던 상사와의 일이 떠올랐다. 그저 하루하루 성실하게 일했을 뿐인데 마음도 다치고 공황장애라는 병까지 얻어버렸지만 나는 그에게 어떤 사과의 말도 듣지 못했다.

이런 내 상태를 그 상사가 알게 하고 싶지 않았다. 오

래된 소모품처럼 잔뜩 고장이 난 상태로 떠나는 모양새
도 싫었다. 지금 회사를 그만둘 경우 이런 이유들로 시간
이 지날수록 더 괴로울 것이 뻔했다. 이런 나를 위해서는
퇴사보단 '존버(버티기)'가 필요한 때였다. 나는 잠시 품
었던 사직서를 넣어두고 내가 퇴사하는 시점을 공황장
애를 극복한 후로 정했다. 전처럼 마음껏 지하철도 타고
기차도 타고 즐겁게 일할 수 있을 때로 말이다.

그렇게 퇴사 충동에 대한 일종의 내적 갈등을 정리하
고 팀장님에게 이번 출장에선 택시 대신 렌터카를 이용
하겠다고 말씀드렸다. 그는 이해할 수 없다는 반응이었
다. 택시가 더 편한데 굳이 왜 렌트를 하냐는 것이었다.
게다가 너무 위험하다며 극구 말렸다. 그도 그럴 것이 나
는 팀에서 유일한 장롱면허였다.

그럴듯한 핑곗거리가 떠오르지 않은 나는 그냥 운전
연습이 하고 싶어졌다며 집요하게 졸라댔고, 팀장님은
회사가 운전 연습하는 곳이냐며 짜증을 냈지만 결국은
승낙해주셨다. 나는 렌터카를 예약하고 혹시나 중간에
내릴 것을 대비해 여분의 KTX 티켓을 사비로 한 장 더
사두었다. 그렇게 공황 이후 첫 출장을 겨우겨우 해냈다.

솔직히 아프고 힘든데 그깟 회사가 뭐가 중요하냐 묻는다면 딱히 반박할 말이 떠오르진 않는다. 일보다 회복에 매진해야 할 시점일 수도 있으니까. 그럼에도 퇴사하지 않기로 결심한 이유는, 지금 당장 두려움을 핑계로 숨기 시작하면 어느 순간 모습을 감추어버린 그 선배처럼 세상에서 나란 존재가 영영 사라지게 될 것 같았기 때문이다. 내게 그것은 공황만큼이나 두려운 일이었다.

나는 공황 극복을 위해 잠시 일을 쉬거나 그만두는 선택도 충분히 이해하고 존중한다. 일상을 유지하며 공황을 마주하는 건 아주 큰 용기가 필요한 일이고, 그것은 생각보다 무척 어렵다는 걸 누구보다 잘 안다. 다만 나처럼 회사를 그만두지 않기로 결심한 사람들이 있다면 온 마음을 다해 그 선택을 응원하고 싶다. 어찌 됐건 극복을 결심한 우리 모두는 이미 용감한 사람이다.

그러니 서두르지 말고 천천히 공황에 맞서보자. 아주 사소한 것도 좋으니 일상을 포기하지 않을 당신만의 이유를 만들어보자. 분명 큰 힘이 되어 줄 것이다. 부디 여러분의 퇴사 사유가 지하철이 무서워서는 아니었으면 좋겠다.

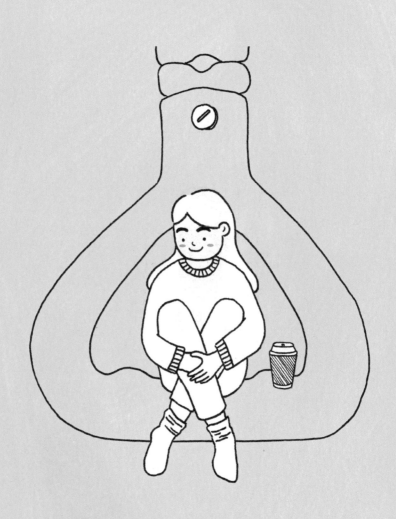

Part 3

마음도
돌봄이
필요해

✧ ✧ ✧

예고 없이 찾아온
소나기처럼

평범한 주말 저녁,
외식을 하려고 집을 나서는데
한바탕 비가 쏟아졌다.

분명 조금 전까지 맑았던
하늘이었는데 말이다.

그렇게 식당에 도착해서도
한동안 울적한 기분에 사로잡혀
아무것도 할 수가 없었다.

마구 퍼붓는 이 소나기가 왠지 내게 찾아온
불행과 비슷해 보여서였다.

그런데 그 소나기는 또
언제 그랬냐는 듯

아주 순식간에 잦아들었는데

그러자 더욱 반짝이는 햇살과
일상 속 먼지가 말끔히 씻겨 내려간 깨끗해진
거리의 풍경이 눈 앞에 펼쳐지는 것이 아닌가.

그 모습을 보며
이런 생각을 했다.

그래, 공황도
소나기 같은 거야.
갑작스럽긴 하지만
지나가고 나면
더욱 맑아질 거야.

◇ ◇ ◇

소나기는 언제나 예고가 없었다. 스무 살 무렵 갑작스레 남자친구에게 받은 이별 통보도, 몇 개월을 공들여 준비한 프로젝트를 발표하는 날 하필 마이크에 배터리가 없어 쩔쩔맸던 경험도, 그리고 지금의 이 공황장애까지. 이 모든 게 내 인생에서 예고 없이 만난 소나기였다.

그날도 그랬다. 외식하러 집을 나서는 나를 조롱이라도 하듯 하늘에서 거친 빗줄기가 마구 쏟아져 내렸다.

'이젠 날씨마저 나를 안 도와주네!'

원망스러운 눈빛으로 하늘을 쏘아보았다. 퍼붓는 빗줄기를 보고 있자니 갑작스레 공황을 만난 지금의 내 상황과 자꾸만 겹쳐졌다. 당시 나는 막 공황 치료를 시작한 참이었다. 왠지 나를 둘러싼 모든 일이 불행을 향해 데굴데굴 굴러가는 것 같아 기분이 썩 좋지 않았다.

내가 불길하다고 말하자 남편은 식당에서 가장 비싼 메뉴를 시켜주었지만, 나는 머릿속이 복잡해 먹는 둥 마는 둥했다. 한 가지 불행한 일을 마주하니 유사한 흔들림도 자꾸 거대하게 느껴졌다.

그런데 식사를 마칠 무렵이 되자 거짓말처럼 비가 그쳤다. 무심코 내려다본 유리창 너머로 깨끗해진 거리의 풍경이 눈길을 사로잡았다. 묵은 먼지가 말끔히 씻겨 내려간 도심의 모습은 지금 막 물청소를 끝낸 건물 계단처럼 매끄럽게 빛이 났다. 빗물을 잔뜩 머금은 길가의 나무들도 순식간에 고개를 들고 본연의 싱그러움을 뿜냈다. 소나기가 그친 후 세상은 마치 새것처럼 반짝거렸다.

생각해보면 나 또한 지난 소나기들로 인해 성장하고 더 나은 사람이 되었다. 이별의 경험은 가슴 아팠지만, 오히려 다음 만남에 신중해지는 계기가 되었다. 나는 어떤 사람을 만나야 행복을 느끼는지, 어떤 사람이 나에게 상처를 주고 아픔을 주는 부류인지를 정확히 알게 되었다. 많은 사랑의 실패를 경험하고 난 후 나는 내가 만난 사람 중 모든 면에서 최고인 남자와 결혼을 했다.

일도 마찬가지였다. 중요한 일을 앞두고는 아주 사소한 부분까지 꼼꼼히 확인하는 습관이 생겼다. 상사는 나를 믿고 일을 맡겼고, 완성도 높은 업무 처리 방식은 나의 강점이 되었다. 지난 시절의 아픔은 돌이켜보면 일종의 성장통이었다.

평범하게 잘 살던 사람이 공황을 만나면 불행이라 여기게 된다. 예고 없이 찾아오는 이런 종류의 불행은 너무도 갑작스러워서 소나기처럼 금세 온몸을 흠뻑 적시고야 만다. 그렇게 온몸이 젖어 정신을 차릴 수가 없을 때 내가 본 것은 소나기 이후의 풍경이었다. 그날 내가 보았던 맑고 깨끗한 거리의 모습은 꽤 오랫동안 마음에 남아 힘들 때마다 위로가 되었다.

'그래, 소나기 같은 거야. 갑작스럽긴 하지만 지나고 나면 더욱 맑아질 그런.'

그날 이후 나는 수시로 이렇게 다짐하곤 했다.

인생을 사계절이라고 하면 모든 날이 화창하고 맑을 수만은 없다. 갑작스런 불행을 대하는 데 유독 서툴게 느껴진다면 소나기 이후의 풍경을 상상하는 건 어떨까? 지금의 불행을 잠시 후면 지나가는 소나기로 여기고 비가 그친 후의 더욱 맑아질 모습을 기대하며 애써 방긋 웃어보는 거다.

남편은 모든 생명을
소중히 여기는 사람이다.

연애 시절 차 안에 들어온 나방을
조심스레 밖으로 내보내주는 그의 모습은
평소 벌레를 하찮게 여겨온 내게 신기하게 다가왔다.

결혼 후에도 야채에 딸려온 애벌레에게
다정하게 말을 걸고 조심스레 집어
풀어주고야 마는 그를 이해하기 힘들었다.

올봄, 우리 집 현관 창가에
작은 거미 한 마리가 거미줄을 쳤다.
징그러우니 얼른 죽이자는 내게 남편은
그냥 살게 두자고 했고

거미는 그곳에서 봄, 여름, 가을을 나고는
엄지손가락 한 마디만큼 훌쩍 커졌다.
신기하게도 평소와 달리 그곳에
다른 벌레는 단 한 마리도 보이지 않았다.

우리는 거미가 다른 벌레들을 차단해준 덕분이라고 믿고
'해피'라는 예쁜 이름으로 부르면서
매일 안부 인사를 나누며 지냈다.

그런데 찬바람이 불고난 후
갑자기 어디론가 떠나버린 해피.
텅 비어버린 거미줄을 보면 가끔 생각이 난다.

해피야,
올 한해 현관을 지켜줘서 고마워.
내년 봄에 다시 우리 집으로 와줘.

◇ ◇ ◇

나   안녕하세요, 선생님.

선생님 안녕하세요? 출장은 잘 다녀오셨어요?

나   네. 중간중간 고비가 있었지만, 명상도 하고
      심호흡도 하면서 무사히 잘 다녀왔어요.

선생님 잘하셨어요. 응급약은 드셨어요?

나   아니요, 먹지 않았어요. 실은 명상을 하다가 잠
      이 드는 바람에. (웃음) 전날 긴장해서 잠을 좀
      설쳤거든요.

선생님 좋아요. 정말 잘하셨어요.

나   그런데요, 선생님. 공황 증상과 함께 찾아오는
      불안한 느낌이 너무 힘들고 두려워요. 이 불안
      감을 완전히 제거하는 방법은 없을까요?

선생님 먼저 이 말씀을 드리고 싶어요. 불안은 누구나
      경험할 수 있는 감정의 일부예요. 내가 안 좋
      은 상황을 미리 예측하고 대비할 수 있게 도와
      주는 감정이거든요. 만약 불안이 없었더라면
      인류는 자연 생태계에 적응하지 못하고 멸종

되었을 수도 있어요. 불안은 아프리카의 동물들도 가지고 있는 감정이에요.

나 　불안은 우리가 살아가는 데 있어 꼭 필요한 것이다, 뭐 그런 건가요?

선생님 　맞아요. 그러니 불안은 제거되어야 하는 게 아니에요. 오히려 일정 수준의 불안은 내게 도움이 된다고 생각하세요.

나 　에이, 아무리 그래도 불안이 도움이 되는 경우는 없을 것 같은데요.

선생님 　예를 한번 들어볼까요. 길을 가다 사나운 맹수를 만났다고 생각해보세요. 순간적으로 몸이 얼어붙고 심장이 빠르게 뛰는 건 신체가 불안을 감지했을 때 나타나는 정상적인 반응이에요. 덕분에 우리는 맹수로부터 달아나 안전해질 수 있겠죠. 일상에서도 마찬가지예요. 상사에게 혼날까 봐 불안해서 열심히 하게 되는 경우가 있죠. 건물에서는 사고가 발생할 것이 불안해 미리 안전을 점검하기도 하고요. 그러니 불안은 결코 나쁜 게 아니에요. 학습이나 업무

수행에 도움을 줄 수도 있어요.

나 살면서 어느 정도의 불안은 필요하군요.

선생님 그렇죠. 저희가 이렇게 만나서 치료를 하는 목
적도 불안을 모두 제거하자는 게 아니에요. 어
쩌면 약간의 불안과 공황발작을 예전에도 조
금씩 느끼셨을 수 있어요. 그땐 이상하다 여기
며 그냥 지나쳤지만 이번엔 불안이 강하게 촉
발돼서 공황장애의 스위치를 올려버린 거예
요.

나 이해했어요. 역시 세상에 존재하는 모든 것에
는 이유가 있네요.

선생님 그런 의미에서 이번 한 주는 항불안제를 절반
으로 줄여서 드셔보시겠어요?

나 그래도 될까요?

선생님 출장도 잘 다녀오셨고 전보다 자신감도 얻으
신 것 같아서요. 항불안제만 조금 줄이고 나머
지 약은 지금처럼 꾸준히 드셔야 합니다.

나 감사합니다, 선생님! (유레카!)

적당히 불안해야 잘 사는 우리

평범한 환경에서 큰 성공을 이뤄낸 사람들의 이야기를 듣다 보면 한 가지 공통점을 발견할 수 있다. 그들 대부분 한 번쯤 장애물에 가로막혀 힘든 시절을 보낸 경험이 있다는 것이다. 그 장애물은 한때 그들을 심적으로 불안하게 만들어 두려움에 떨게 했지만, 오히려 그것이 성공을 위한 강한 자극제가 된 경우를 종종 보았다. 만약 그들의 삶이 그저 평온하기만 했다면 그렇게 성공할 수 없었을 것이다.

공황 증상과 함께 몰려오는 극심한 불안의 파도. 나를 괴롭히는 이 지긋지긋한 불안을 완전히 제거하고 싶었던 나는 이제는 반대로 불안의 필요를 느끼고 인정하게 되었다. 우리 모두는 불안하기 때문에 만약을 대비하고, 불안하기 때문에 성실하게 미래를 준비하며 사는 거니까. 징그러운 거미 한 마리가 현관을 깨끗하게 만들어 도움을 주었던 것처럼, 어쩌면 우리는 적당히 불안해야 잘 살게 되는 건 아닐까?

울지 않는 착한 아이가
될 필요 없어

약물치료를 시작하고도
두려움은 계속해서 나를 찾았다.
특히 지하철을 이용하는 출퇴근길은
매일매일의 미션과도 같았는데

지하철에서 공황 증상과 마주하면
내렸다가 다시 타야 하기 때문에
평소보다 서둘러 조금 일찍 나와야 했다.

그날도 나는 이른 시간의
지하철을 타고 출근하고 있었다.
컨디션이 좋다고 생각했는데 문제는
갑자기 열차가 멈춰버린 것이다.

열차가 멈췄다는 걸 인지한 순간
또다시 공황 증상이 시작되었다.
당장 이곳에서 내려야 하는데
열차는 움직일 생각을 하지 않았다.

그런데 그 순간
두 눈에서 눈물이 흘렀다.
예상치 못한 전개였다.

옆자리
아주머니께서
휴지 주심

열심히 살았을 뿐인데 고장이 나버렸다고 생각하니
내 자신이 안쓰러워 견딜 수가 없었다.
그날 나는 지하철에서 50분을 내리 울었다.

그런데 한참을 울다 보니
어딘가 후련해지는 느낌이 들었다.
마치 그간 쏟아내지 못했던 생각과 마음이
눈물과 함께 쏟아져 나온 것만 같았다.

그리고 내려야 할 역에 도착하자
나는 마지막으로 남은 눈물을 옷 소매로
쓱 닦고 웃으면서 열차에서 내렸다.

◇ ◇ ◇

출산하고 3박 4일간 병원에 입원했다. 워낙 난산이었던 데다 회복 속도도 빠르지 않아 입원해 있는 동안 아기에게 젖 한 번 물려보지 못했다. 아기는 대부분 신생아실 선생님들이 돌봐주었다. 퇴원하던 날, 신생아실의 간호사가 내 품에 아이를 안겨주며 이렇게 말했다.

"아기가 울지도 않고 정말 착해요."

순간 나는 조금 의아했다. 아기가 울지 않는다는 게 착한 것인지, 그게 칭찬받을 일인지 잘 이해되지 않았기 때문이다. 신생아라면 오히려 시도 때도 없이 우는 게 당연한 것 아닌가?

그때 그 아기는 어느새 다섯 살이 되었지만, 여전히 잘 울지 않는 편에 속한다. 그러다 보니 여기저기서 "착한 아이", "순한 아이"라는 말을 자주 듣곤 한다.

사건은 예상치 못한 곳에서 터졌다. 시부모님과 함께 저녁 식사를 하던 고기집에서 아이가 그만 뜨거운 화로통에 발가락을 데어버린 것이다. 그런데 딸이 아픔을 꾹 참는 바람에 우리는 후식으로 냉면까지 다 먹은 후에야 그 사실을 알게 됐다. 작은 발가락은 이미 빨갛게 달아올라 군데군데 물집이 잡혀 있었다. 그 밤중에 병원을 찾느라 한바탕 소동이 있었고, 딸은 오른쪽 네 개의 발가락에 4도 화상을 입고 말았다. 그날 이후 나와 가족들은 달라졌다. 그 누구도 딸에게 울지 않아 착하다고 말하지 않는다. 그 대신 아프거나 슬프면 참지 말고 큰소리로 울으라고, 우는 건 부끄러운 일이 아니라고 말하곤 한다. 아이는 전보다 자주 울지만, 몸의 상처는 줄었다.

슬플 땐 우는 어른이

출근길 지하철에서 엉엉 울었던 그날, 나는 최근에 언제 이렇게 속 시원히 울어봤나 생각해봤다. 슬픈 일, 억울한 일, 화가 나 어쩔 줄 몰랐던 일…, 많은 일이 떠올랐다. 너무 슬프고 화가 나 울고 싶은 순간도 많았던 거 같은데 정작 눈물을 흘린 기억은 없었다. 울면 지는 거라는 생각에 눈물을 참았고, 특히 서른 중반이 넘어서면서부터는 우는 건 어른스럽지 못한 일이라고 생각했기 때문에 삼켜왔던 것이다.

도대체 왜 우리는 울지 않는 착한 아이가 되려고 할

까? 눈물을 흘린다는 건 내 몸이 슬픔을 감지했을 때 일어나는 아주 자연스러운 신체 반응일 뿐인데 말이다. 이렇게 겉으로는 애써 미소를 지으며 보이지 않는 곳에서는 울음을 삼키며 사는 사람들. 언제부터 이렇게 우는 게 어려운 일이 돼버린 걸까? 어쩌면 의사 선생님이 말했던 마음을 편하게 먹는다는 건 감정을 억압하지 않고 적절하게 표출하는 데서 시작되는 건 아닐까?

나는 이제 더는 어른스러운 척하느라 눈물을 삼키지 않기로 했다. 기쁠 때 남 눈치 보지 않고 크게 소리 내어 웃는 것처럼 슬플 때에도 엉엉 우는 걸 부끄럽게 생각하지 않는 사람이 되고 싶다. 목 놓아 울고 나서 왠지 모르게 속이 후련해진 경험은 누구에게나 있을 것이다. 마음이 아플 땐 참지 말고 큰소리로 엉엉 울어보자. 아이도 어른도 우는 건 부끄러운 일이 아니다.

다른 사람을 의식하느라
힘들었던 내 마음

'잠깐, 나 공황장애에 왜 걸렸더라?'

약으로 조금씩 증상이 조절되면서 마음에도 여유가 생기기 시작했다. 멈추었던 공황장애의 원인 찾기를 다시 시작해도 될 때라고 생각했다. 천천히 나의 시간이 몇 개월 전으로 거슬러 올라갔다. 처음 공황 증상을 경험했던 퇴근길을 떠올렸다. 그날 나는 감정적으로 꽤나 예민해진 상태였다. 퇴근길 발걸음인데 상당히 무거웠던 기억이 난다. 무엇이 내 마음을 그토록 힘들게 했을까? 어렵지 않게 한 가지 일을 기억해냈다. 바로 회사의 상사로부터 "정시에 퇴근하는 알바형 인간"이라고 비난받은 사건이었다.

그런데 참 이상했다. 업무상 실수나 잘못으로 혼이 난 것도 아닌데 나는 왜 그날의 일을 곱씹으며 그토록 힘들어했던 것일까? 처음엔 단순히 상사의 발언이 잘못된 것이라고만 생각했다. 업무 시간에 열심히 일하고 퇴근 시간에 퇴근하는 건 당연한 거지 잘못된 게 아니니까.

하지만 시간이 지날수록 나는 자주 주눅이 들고 의기소침해졌다. 그 자리에 함께 있던 사람들이 나를 열정 없는 하찮은 인간으로 평가하는 것 같아 부끄럽고 창피했기 때문이다.

나는 어릴 때부터 내 생각보다 다른 사람들의 생각을 더 중요시하곤 했다. 최종 합격한 두 군데의 대학교 중 한 곳을 선택할 때에도 '내가 무엇을 배우고 싶은가'보다 '어느 곳이 더 인지도 있는가'가 더 중요했고, 취업 준비를 할 때에도 '내가 정말 하고 싶은 일'을 위해서가 아니라 '남들이 다 아는 회사'에 가기 위해 스펙을 쌓았다. 그렇게 남에게 인정받기 위해 노력한 결과 그럭저럭 잘 살고 있다고 생각했다.

그런데도 나는 여전히 남에게 인정받기를 바란다. 맘에 드는 옷을 고르면 남편에게 "어울려?"라고 물어보고 확인을 받아야만 직성이 풀린다. 간혹 내 맘에 들었더라도 누군가 별로라고 하면 어쩐지 손이 가질 않는다. 수많은 사진을 찍고도 유독 잘 나온 사진만 골라 SNS에 올리는 것만 봐도 그렇다. 지금도 충분히 잘 살고 있는데 나는 왜 다른 사람의 시선을 의식하고 누군가의 인정을 받아야 안심하는 걸까?

영화 〈트루먼 쇼〉를 통해 본 시선 속의 삶

1998년에 개봉한 영화 〈트루먼 쇼〉는 타인의 시선 속에 살고 있는 한 남자의 삶을 그린 영화다. 주인공은 평범한 회사원으로 매일 아침 마주치는 이웃에게 다정한 인사를 건네는 예의 바른 청년 트루먼이다. 그런데 그가 모르는 비밀이 있다. 그것은 그가 태어난 순간부터 그의 일거수일투족이 〈트루먼 쇼〉라는 이름으로 전 세계에 생중계되고 있다는 사실이었다. 그가 살아가는 일상의 모든 공간은 세트장이고 가족과 친구, 심지어 마주치는 이웃도 모두 배우들이었다.

어느 날부터 자신의 삶이 매우 부자연스럽다는 것을 인식한 트루먼은 일상에서 벗어나려는 다양한 시도를 한다. 하지만 그가 세트장을 떠나려 할 때마다 우연을 가장한 사건들이 벌어져 그를 붙잡는다.

한번은 아이를 갖자고 조르는 아내에게 트루먼이 질문을 던진다.

"당신은 왜 아이를 갖자는 거지?"

아내는 어딘가를 응시하며 "코코아 한 잔 타드릴까요? 나카라과 산 상부에서 재배한 천연 코코아 씨로 만들었고 인공감미료도 안 넣었어요"라며 마치 PPL 광고 하듯 대답한다. 그리고 그 모습을 본 트루먼은 모든 것을 확신하며 이성을 잃는다.

마침내 트루먼은 그곳을 탈출하기 위해 배에 오른다. 스텝들은 그의 탈출을 필사적으로 방해하며 연신 거센 비바람을 뿌려대지만, 그럴수록 진실을 찾고자 하는 트루먼의 의지는 더욱 확고해질 뿐이다. 배는 결국 세트장의 끝 지점에 다다라 벽에 부딪히고 만다. 지금까지의 삶이 모두 거짓이었음을 확인한 트루먼은 용기를 내어 출구로 향한다.

남들에게 보여지는 삶이 아닌 자신의 진짜 삶을 찾아가는 트루먼의 이야기. 우연히 보게 된 이 영화는 개봉한지 20년이 지났지만 내 마음에 경종을 울렸다. 우리의 삶이 〈트루먼 쇼〉와 크게 다르지 않다고 생각했기 때문이다. 보여지는 삶을 살기만 하면 인생이 내 것이 아닌 한 편의 '쇼'가 되고 말 텐데 여태 그것을 놓치고 있었다. 인정받기 위한 삶을 살다 보니 다른 사람의 평가에 과도하게 신경을 쓰고, 생각 없이 던진 말 한마디에도 기분이 좋았다 나빴다 하는 것이다.

나는 비로소 공황이 촉발된 원인을 정확히 알게 되었다. 상사의 말 한마디에서 기인한 수치심. 그것은 시간이 지날수록 좌절감, 패배감과 같은 부정적인 감정을 쌓아 올렸다. 그럴수록 인정받지 못한다는 두려움은 점점 커지고 남들의 평가에 전보다도 더 신경을 쓰느라 마음은 쇠약해졌다. 이 모든 일은 건강했던 몸과 마음을 병들게 하기에 충분한 것이었다.

타인의 시선과 평가에서 벗어나 진짜 나로 살기

책 《수치심 권하는 사회》에서는 인정받고자 하는 욕구를 인간이 본능적으로 가지고 있는 것이라고 말한다. 인간은 본능적으로 남에게 인정받기를 바라는데, 수치심을 느끼게 되면 단절된 기분이 들기 때문에 인정에 대한 욕구가 더욱 간절해진다는 것이다. 저자는 시선과 평가에서 자유롭지 못한 때일수록 '진짜 나'로 살아야 한다고 강조한다.

그렇다면 진짜 나로 사는 법은 과연 무엇일까? 이 부분에서 나는 영화의 결말을 이야기하고 싶다. 〈트루먼 쇼〉의 결말은 해피엔딩 같지만 어쩐지 씁쓸함을 남겼다. 트루먼이 세트장을 탈출하자 시청자들은 자신의 일처럼 환호한 후 곧 채널을 돌려버렸기 때문이다. 흥미 있는 볼거리를 찾아 채널을 돌리는 사람들. 관객이란 그런 것이다. 언제라도 채널을 돌릴 준비가 되어 있는 인생의 관객들에게 신경 쓰느라 내 마음을 혹사하면 우리는 결국 불행해지고 만다. 마음의 병은 그럴 때 찾아오는 것이다.

이미 거대한 세트장처럼 변해버린 사회에서 나를 향한 시선으로부터 자유롭기는 쉽지 않다. 그러나 이제부터라도 타인의 시선과 평가에 연연하지 않고 '진짜 나'로 살아가고 싶다. 또다시 내 인생에 중요한 선택을 해야 할 때가 온다면 전처럼 인지도나 평판만을 우선시하지는 않을 것이다. 그보다 더 필요한 건 '내가 진정으로 원하는 것'임을 이제는 알기 때문이다.

　마찬가지로 회사에서 누군가 나를 나쁘게 평가하거나 대놓고 무안을 준다고 해서 수치심에 쪼그라들거나 몇 날 며칠 이불킥을 날리며 곱씹지도 않을 것이다. 회사에서의 평가가 내 인생을 평가하는 건 아니니까. 그럴수록 더욱 당당하게 내가 해야 할 일에 집중하려 한다. 그것이 내 마음을 지키는 일이고, 상처를 주는 사람들은 내 인생에서 언제라도 사라질 그저 '관객'일 뿐이니까.

하루는 선생님이 공황 증상 말고
다른 고민은 없는지 물어보았다.

나는 그간 생각했던 마음속 말을
조심스레 꺼내어 놓았는데

끊임없이 고민했던 이 병의 원인이 결국
내 마음의 문제였음을 고백하게 된 것이다.

그가 내게 해준 "꼭 100점이 아니어도 된다"는 말은
뭐든지 잘하고 싶었던 요 근래의
내게 가장 필요한 대답이었다.

예전보다 내 마음의 소리에 귀를 기울이는 요즘의 나는
정말로 '내 마음의 프로파일러'가 되고 있는 걸까?

오늘도 100점이 되기 위해 애쓰는
모든 사람들에게 이 말을 전하고 싶다.

◇ ◇ ◇

'수포자'라는 말이 있다. 수학 포기자의 줄임말로 수학 공부에서 아예 손을 놓아버리는 사람을 뜻하는 말이다. 나는 학창 시절부터 유독 수학 과목의 성적이 좋지 않았다. 보다 못한 엄마는 없는 살림에 수학 전문학원에 등록해주셨다. 무조건 점수가 오를 거라며 호언장담한 선생님의 말과는 달리 나는 그다음 기말고사에서 19점을 받았다. 심지어 그중 10점은 노트 필기를 잘해서 받았던 실기 점수였다. 그쯤 되니 엄마도 나도 수학을 완전히 포기하게 되었다.

수포자가 되니 마음의 부담은 줄었지만 성적표를 받을 때마다 좀 억울하다는 생각이 들었다. 수학을 제외한 다른 과목 성적이 우수한데도 평균으로 환산을 하니 점수가 현저히 떨어지고, 자연스레 등수도 뒤로 밀렸기 때문이다. 한 과목을 포기했을 뿐인데 전체 평균을 올리는 게 여간 어려운 일이 아니었다. 그럴 때마다 엄마는 "다른 과목을 더 열심히 하면 되지"라고 위로해주셨고, 나는 수학을 제외한 다른 과목들에 더 집착하곤 했다.

이런 생각은 성인이 돼서도 변하지 않았다. 노력해도 안 되는 건 과감히 포기하되 할 수 있는 건 완벽하게 해야만 인생의 평균치를 올릴 수 있다고 생각했던 걸까? 19점인 수학을 만회하기 위해 다른 과목에서 100점을 받으려 애썼던 그 마음처럼, 나는 자주 나의 분야에서만큼은 100점이 되어야 한다고 다짐하곤 했다. 그렇게 해야 나의 취약한 부분을 감출 수 있고 잘 살 수 있다고 믿었기 때문이다.

스스로 100점이 아닌 것 같아 자책하던 중 공황을 만났다. 그리고 지독한 마음의 병으로 모든 걸 잃을 위기에 처하고 나서야 비로소 깨달았다. 100점이 되고 나면 목표를 달성한 데서 오는 쾌감은 있겠지만 맘 편히 살 수는 없다는 것을. 100점을 위해 스스로를 다그치면 쉽게 불안해지고, 곧 한계가 온다는 것을 말이다. 선생님이 해준 80점이면 좀 어떠냐는 한마디에 10년 묵은 체증이 싹 내려가는 것처럼 후련한 기분을 느꼈던 건 어쩌면 살면서 한 번도 듣지 못했던, 그러나 간절히 듣고 싶었던 말이기 때문일 것이다.

이제 더는 100점이 되기 위해 애쓰지 않기로 했다. 그 대신 조금 부족하더라도 있는 그대로의 나를 인정하고 바라보면서 좀 더 자신에게 너그러워지기로 마음먹었다. 타이트한 100점이 아닌 여유 있는 80점을 추구하는 삶. 그렇게 스스로에게 압박 대신 더 많은 박수를 보내는 삶을 꿈꾸게 되었다.

"80점이면 좀 어때?"

나는 요즘 내 자신이 좀 부족하다고 느껴질 때마다 이렇게 말하곤 한다. 욕심도 많고 하고 싶은 일도 많은 나는 여전히 스스로에게 높은 기준을 제시하면서 능력 있는 회사원, 좋은 엄마, 완벽한 아내가 되기를 바라지만, 확실히 예전보다 스스로를 압박하는 마음만큼은 줄어들었다. 할 수 있는 일을 잘하기 위해 최선을 다하는 것도 중요하지만, 그게 꼭 100점일 필요는 없다. 사실 80점도 충분히 좋은 거니까.

하기 싫으면
하지 않아도 돼

공황이 온 후 매주 연재하던 그림일기가
재미없게 느껴지던 '노잼의 시기'가 찾아온 적이 있다.
분명 내가 좋아서 시작한 즐거운 작업이었는데

어느 순간부터 그림을 그리고 글을 쓰는 것이 마치
'해야 할 일'처럼 느껴져 부담을 준 건 아닌지,
조심스레 내 마음을 들여다봤다.

다시금 예전처럼
행복하게 작업을 이어가고 싶었던 나는
이런 나의 마음을 알리기로 결심하고
SNS에 공황장애에 걸렸다는 사실을 고백했다.

얼떨결에 고백하고 정말 많은 응원을 받아 힘도 났지만,
왠지 모르게 마음속 부담도 사라져
다시 즐겁게 작업을 이어갈 수 있었다.

해야 하는 일 | 안 해도 되는 일

단지 '해야 하는 일'에서 '안 해도 되는 일'로
바뀌었을 뿐인데 마음이 이토록 편해지는 건,
'해야 한다'는 생각이 주는
어떤 의무감 때문이었던 걸까?

그 일이 있고 난 후 나는 회사에서나 개인적으로
하기 싫은 일과 마주할 때면 의도적으로 이렇게 되뇌곤 한다.
"하기 싫으면 안 해도 돼"라고.

◇ ◇ ◇

요즘은 누군가 직업을 물으면 뭐라고 대답해야 할지 망설여진다. 어쩌다 보니 주중엔 회사에 가고, 주말엔 그림을 그리고 글을 쓰는 'N잡러(여러 직업을 가진 사람)'로 살고 있기 때문이다. 몇 년 전 우연히 그림일기를 그리기 시작한 것이 그 계기였다. 처음엔 그저 하루하루의 재미있던 에피소드를 그림일기 형식으로 SNS에 업로드하는 방식이었다. 그런데 포털사이트에 여러 번 소개되고 구독자 수도 늘어나면서 본격적인 취미 생활로 발전하게 됐다.

그러던 중 출판사로부터 그림일기를 책으로 만들어보지 않겠냐는 연락을 받았다. 출간 제안은 유명한 작가들이나 받는 건 줄 알았는데 나 같은 평범한 사람이 그런 제안을 받았다는 사실에 무척이나 설레었던 기억이 난다. 그 이듬해엔 정말로 그림 에세이를 출간했고, 대형 서점에 진열된 내 책을 실제로 보게 되자 이제는 그림일기 작업이 단순한 취미 생활이 아닌 것 같아 책임감도 느꼈다.

이런 책임감 때문이었을까? 어느 순간부터 그림을 그리고 글을 쓰는 일이 부담으로 다가오기 시작했다. 그저 편하게 일상을 기록했던 일에 전에 없던 여러 가지를 의식하기 시작한 것이다. 가끔 틀리는 맞춤법도 완벽해야 할 것 같고 더 멋진 문장을 구사하려고 썼다, 지웠다를 반복하다 덮어버리는 일이 잦아졌다. '작가답게' 잘 써야 한다는 생각이 들자 작업 자체가 피곤하게 느껴졌다. 꾸준히 연재하던 그림일기가 뜸해지자 주변 사람들로부터 "이제 책 냈으니 그림일기는 안 그리나 봐?"라는 질문을 받았고, 그 말을 들으니 또 잠시라도 쉬면 안 될 것 같았다. 그렇게 억지로 연재를 이어가다 보니 전처럼 즐겁지도 행복하지도 않았다.

마음의 힘을 빼는 주문

하려고 마음먹은 일을 누군가 재촉하는 순간 하기 싫어지는 경우가 있다. 나는 이것이 '해야 한다'는 생각에서 비롯된 의무감 때문이라고 생각한다. 공부를 잘해야 한다, 좋은 대학에 가야 한다, 좋은 직장에 취직해야 한다처럼, 아주 어릴 때부터 우리를 괴롭히던 수많은 '해야 한다'가 있다. 문제는 이런 말을 들으면 나도 모르게 심리적으로 압박이 생겨 부정적 태도로 방어하게 되는 것이다.

《하마터면 열심히 살 뻔했다》의 저자 하완은 그림을 잘 그리는 요령이란 다름 아닌 손에 힘을 빼는 것이라고 소개한다. 잘하고 싶고 틀리고 싶지 않은 마음 때문에 손에 힘이 들어가면 오히려 그림을 망치게 되고, 반대로 어차피 망친 그림이라고 생각하면 가벼운 마음을 갖게 돼 더 잘 그릴 수 있다는 거다. 마찬가지로 해야 할 일을 잘하기 위해서는 마음에 힘부터 빼고 볼 일이다. 부담감, 의무감, 책임감은 내려놓고 마음의 무게를 가볍게 만들어야만 같은 일도 즐기며 앞으로 나아갈 수 있다.

나는 그날 이후 생각날 때마다 '해야 한다'를 '하지 않아도 괜찮아'로 바꾸는 연습을 한다. 아침 출근길이 버거운 날이면 조용히 "출근하지 않아도 괜찮아"라고 말하고, 회사에서 성과나 승진에 대한 압박이 있을라 치면 '잘 못해도, 승진하지 않아도 괜찮아'라고 다짐하는 것이다. 이런 식으로 힘이 잔뜩 들어가 경직된 마음을 몽글몽

글한 상태로 만들고 나면 신기하게도 전보다 유연한 마음으로 더 즐겁게 일하고 있는 자신을 발견하게 된다.

그리고 한 가지 더. 어느 순간부터는 공황을 극복해야 한다고 조바심을 내는 것도 그만두었다. 그 대신 매일 자기 전 다정한 목소리로 이렇게 중얼거렸다.

"공황장애, 빨리 극복하지 않아도 괜찮아"라고.

누구나 크고 작은
마음의 병을 안고 산다

얼떨결에 공황장애임을 고백한 후
정말 많은 연락을 받았다.
그런데 그중 예상치 못한 연락에
나는 당황하곤 했는데

다름 아닌 내 주변 사람들, 그러니까 평소 이 정도면
서로 꽤 잘 안다고 생각했던 사람들이 나와 비슷한 마음의 병을
겪은 적이 있거나 여전히 앓고 있다는 거였다.

회사 친한 언니 (마케터)

"실은 나도 가끔씩 공황 증상을 겪곤 해.
횡단보도처럼 넓은 장소에서 갑작스레 심장이 조여오고
두려워지지. 가벼운 기분부전장애를 앓았던 적도 있어.
주로 스트레스를 받을 때 나타나더라고."

친한 동생 (콘텐츠 기획자)

"언니, 많이 힘들고 놀랐지?
나도 정신과 상담받은 적 있어.
난 공황장애는 아니고 우울증이었어.
몸이 지치면 면역력이 떨어지잖아. 마음도 그런 것 같아."

전 직장 선배 (인사 전문가)

"인스타 보고 연락드렸어요.
실은 저도 같은 이유로 많이 힘들었거든요.
여러 가지를 다 잘하려고 한 게 원인이었던 것 같아요.
회사 일을 잠시 내려놓고 가족들과 여행, 휴식을 취하니
좋아졌어요. 지금은 그런 증상이 거의 없어졌어요."

저주받은 게
틀림없어.

한동안 나를 힘들게 했던 건 다름 아닌
이것이 내게만 들이닥친 어마무시한 불행같이
느껴졌기 때문이었는데

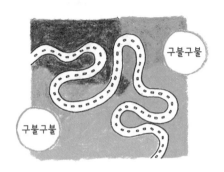

참 다행이다 싶었다.
나만 힘든 게 아니라서가 아니라
우리의 삶이 늘 일정하지 않은 것처럼
'마음의 병'도 어쩌면 계절의 흐름처럼
자연스러운 거라는 생각이 들어서.

'참 다행이다.'

나　제가 공황장애에 걸렸다는 고백을 하고 나서 정말 많은 사람들로부터 연락을 받았어요. 온라인 독자분들과 주변 지인들에게서요.

선생님　아, 그러셨어요? 뭐라고 하던가요?

나　대부분 힘내라는 응원이었어요. 그런데 그보다 놀라운 사실이 있어요. 제 주변에도 공황장애를 겪었거나 여전히 앓고 있는 사람이 많다는 걸 알게 되었거든요. 개중엔 평소 친하다고 생각했던 사람들도 있었어요. 실제로도 공황장애 환자가 많은 편인가요?

선생님　요즘은 '공황의 시대'라고 불릴 만큼 공황장애는 정말 많은 분들이 겪는 비교적 흔한 질환이에요. 실제로 전체 인구의 30퍼센트 정도가 살면서 공황 증상을 한 번쯤 겪고요. 공황장애로 진단받는 사람도 많게는 10퍼센트 정도라고 알려져 있어요.

나　흔하다고요?

선생님 그럼요. 저만 해도 이곳 진료실에서 정말 많은 공황장애 환자분들을 진료하고 있는걸요. 이런 말이 어떻게 들리실진 모르겠지만, 세경 님이 공황장애에 걸리신 건 어쩌면 행운이에요. 저희 과에서 유일하게 약이 잘 듣는 질환이니까요.

나 암만 그래도 행운은 좀…. 할 수만 있다면 이 병을 모르던 시절로 순간 이동이라도 하고 싶은 심정이에요.

선생님 물론 모르셨다면 더 좋았겠지만요. (웃음)

나 그런데요, 선생님. 온라인 독자분 중에 공황장애를 겪은 지 몇 년이 지났지만, 아직도 극복하지 못했다는 분들이 정말 많았어요. 약을 열심히 먹고 병원에 꾸준히 다니면 좋아지는 게 아니었나요?

선생님 2~3개월 병원 다니면 다 나을 거라고 생각하시는 분들이 많은데 그렇지 않아요. 안타깝게도 공황 증상은 언제라도 재발이 가능하거든요.

나 공황이 재발한다고요?

선생님 　네, 그래서 정신과 의사들은 이 병에 대해 '완
　　　　치'라는 표현을 사용하지 않지요. 그러다 보니
　　　　수동적으로 약물치료만 했을 때가 문제예요.
　　　　나중에 증상이 또 나타났을 때 스스로 컨트롤
　　　　이 안 되면, 또다시 약에 의존하거나 회피하는
　　　　수밖에 없으니까요.

나 　　　그럼 저는 이제 어떡해야 하죠?

선생님 　지금도 충분히 잘하고 계시니 너무 조급해 마
　　　　세요. 오늘은 약속된 시간이 다 되었네요. 다
　　　　음 주부터는 스스로 컨트롤하는 방법, 즉 앞으
　　　　로 세경 님 스스로 불안과 공황을 다룰 수 있
　　　　는 방법을 알려드릴게요.

나 　　　기대돼요! 오늘도 감사합니다.

Part 4

이제
피하지 말고
공황에
맞서볼까?

특별한 과외수업을 시작하다

오늘따라
비장함마저 느껴지는 그였다.

그는 내가 일상생활에 어느 정도 자신감이 생겼으니
약물치료와 병행해
새로운 무언가를 시작해보자고 했다.

공황 증상이 두렵게 느껴지는 이유는

스스로도 설명이 잘 안 되고 이해도 안 되고

예측도 안 되기 때문이지요.

공황 증상이 나타나면 말 그대로 멘붕이 되는 이유는
내 몸에서 일어나는 증상에 대해 정확히 알지 못해
공포감이 커지기 때문이라고 했다.

앞으로 증상을 컨트롤하기가 쉬워질 거예요.

공황발작이 무엇이고 왜 일어나는지 이해하면

이렇게 질병에 대한 지식을 알려드리는 걸 '지식화'라고 해요.

인지행동치료란 쉽게 말해
또다시 공황발작이 일어날 때 겁먹지 않고
증상을 대하기 위한 치료로, 그는 그 첫걸음으로
병에 대한 의학적 지식을 내게 전수하겠다고 했다.

그리하여 단 한 번도 과외라는 걸

받아본 적 없는 내가

무려 서른다섯 나이에 인생 첫 과외를,

그것도 정신과 진료실에서 받기로 한다.

✧ ✧ ✧

"어떻게 지내셨어요?"

그날도 진료실에 들어서자 선생님은 책상 위에 두 손을 포갠 채 다정한 인사를 건넸다. 그저 인사치레로 하는 말일까? 아니면 한 주간 증상이 어땠냐는 질문일까? 늘 그렇듯 후자인 증상에 관한 질문으로 이해하기로 했다.

"일주일 동안 공황 증상이 한 번도 없었어요."

실은 이 말이 하고 싶어 아침부터 입이 근질근거렸다. 일주일간 공황발작과 예기불안이 한 번도 없었다는 사실 만으로도 신이 나 어쩔 줄 모르던 참이었다. 내가 그렇게 말하자 아주 잠깐이지만 그가 안도하는 표정을 지었다.

꾸준히 치료를 이어가다 보니 매 순간 선생님의 표정을 살피곤 했다. 그가 미간을 살짝 찡그리거나 생각에 잠길 때면 뭔가 문제가 생긴 건 아닌지 괜시리 조마조마해지고, 오늘처럼 살짝 미소 띤 표정을 지으면 '나 좋아지고 있나 봐!'라는 생각에 마음이 편안해졌다. 그런 의미에서 경과가 그리 나쁘진 않다는 신호인 게 분명했다. 이렇게 스스로에게 긍정 신호를 마구 주입하고 있던 내게 선생님은 인지행동치료를 시작해보자고 제안했다.

실은 늘 마음속으로 궁금하던 것이 있었다. 약으로 증상을 조절하는 것 말고 다른 치료법은 없을까 하는 거였다. 약에만 의존하는 건 여전히 내키지 않는 일이고, 언제까지 복용을 이어가야 할지 확신도 서지 않는 일이었으니까. 그런데 앞으로는 약물치료와 병행하여 인지행동치료를 하게 될 것이며, 이 치료를 통해 약 없이도 공황과 불안을 다룰 수 있는 방법을 익히게 된다니 유익해 보였다. 무엇보다 더 이상 약에만 의지하지 않아도 된다고 생각하니 신이 났다.

인지행동치료란?

인지행동치료는 인지치료와 행동치료를 합친 것이다. 인지치료는 공황을 유발하는 잘못된 생각을 바로잡는 과정이고, 행동치료는 공황 상황에 나를 노출시켜 안전하다는 경험을 쌓아가는 과정이다. 그런데 이보다 선행되어야 하는 것이 있다고 했다. 선생님은 인지행동치료의 첫 단계로서 공황장애라는 병이 무엇인지를 정확히 알아야 한다고 강조했다.

나의 인지행동치료 과정을 요약하면 먼저 공황장애에 대한 정확한 지식을 배우고(지식화), 잘못된 생각을 바로잡은 후(인지치료), 마지막으로 행동을 바꾸는(행동치료) 과정이었다. 결론부터 말하면 나는 이 과정을 모두 거치고 난 후 정말로 공황을 예측하고 다루는 방법을 터득할 수 있었다. 내가 경험한 인지행동치료 과정은 뒤에 이어지는 글에 상세히 기록되어 있다.

인지행동치료를 막 시작했거나 시작하려고 하는 사람들에게 한 가지를 말하고 싶다. 두려움과 마주하는 건 결코 쉬운 일이 아니고 어쩌면 꽤 오랜 시간이 걸릴 수 있음을. 그러니 처음부터 조바심을 내거나 서두르지 않았으면 좋겠다. 이 순간만큼은 잘 설계된 커리큘럼을 성실하게 따라가는 학생의 마음으로 돌아가기를 권한다. 그렇게 차근차근 정해진 분량을 배우고 익히다 보면 어느새 전과 같은 건강한 일상을 마주할 수 있게 될 것이다.

나   선생님, 안녕하세요. 오늘은 머리가 많이 자라
        셨네요.

선생님 바빠서 머리를 못 잘랐어요. (웃음)

나   오늘은 공황장애에 대해 가르쳐주신다고 해서
        노트를 준비했어요.

선생님 잘하셨어요. 마침 저도 관련된 자료들을 좀 준
        비해 왔거든요. 주어진 시간 동안 최대한 설명
        하고 숙제도 내드릴 예정이에요.

        먼저 공황장애에 대한 얘기를 해볼까요? 요즘
        은 공황장애에 대해서 언론이나 매스컴에서
        얘기를 들으셔서 그런지 많은 분들이 이 병에
        대해 어느 정도 알게 되었어요. 그래서 세경
        님처럼 스스로 자가 진단을 하고 오시는 경우
        도 많더라고요. 아니면 주변에서 그거 공황장

애니까 치료받아 보라고 해서 병원에 오시는 경우도 꽤 많고요. 그런데 예전에는 응급실로 가시는 경우가 많았죠. 공황장애에 대해 잘 몰라서요.

나 아, 그랬군요.

선생님 이제 공황장애가 어떤 병인지 설명할게요. 공황장애는 불안장애의 일종으로 예측할 수 없이 반복적으로 공황발작을 일으키는 질환이에요. 공황발작은 강렬하고 극심한 공포가 갑작스레 밀려오는 것을 말하는데요. 전혀 위험하거나 두려워할 상황이 아닌데도 불편한 신체 증상과 함께 죽을 것 같은 공포를 느끼는 불안 증상이죠. 세경 님이 맨 처음 지하철과 KTX 안에서 느꼈던 심장 두근거림, 식은땀, 그리고 극심한 공포 기억하시죠? 그것이 전형적인 공황발작입니다.

나 그럼 공황 증상이 없는데도 불안해하고 두려웠던 건 뭐죠?

선생님 그건 '예기불안'입니다. 예기불안은 공황장애

의 큰 특징인데요, 공황발작이 없는데도 공황이 올까 봐 두려워하고 불안해하는 증상이지요. 그런데 한두 번 이런 공황 증상이 있었다고 해서 모두 공황장애는 아닙니다. '장애'는 일상생활에 문제가 있을 때를 말해요. 반복적인 공황발작과 예기불안으로 일상생활을 하는 데 어려움을 겪을 때 비로소 공황장애라고 진단하죠.

니 그렇군요. 주변에서 공황 증상을 한 번 겪고 공황장애에 걸렸다고 말하는 사람이 있는데 그건 아니라고 알려줘야겠어요.

선생님 계속해서 '광장공포증'에 대해 설명해드릴게요. 광장공포증은 별도의 질병이지만 공황장애를 진단받은 분들이 광장공포증을 동반하는 경우가 상당히 많거든요. 그렇기 때문에 공황장애의 타입을 광장공포증이 있는 경우와 없는 경우로 나누기도 해요. 광장공포증이란 사람이 많거나 내가 갇혀 있어 상황을 통제하지 못한다고 느끼는 것입니다.

나　제가 KTX나 지하철에서 느끼는 그런 것이네요.

선생님　네, 세경 님의 경우 '광장공포증이 동반된 공황장애'라고 할 수 있는 거죠. 내가 통제할 수 없다고 느끼는 것이 광장공포증의 핵심이라고 보면 됩니다.

선생님　그럼 본격적으로 공황발작은 어떤 식으로 나타나는지 알려드릴게요. 증상은 극심한 공포가 순식간에 최고조에 이르렀다가 10분~30분 사이에 사그라드는 특징을 가지고 있어요. 이때 가슴 두근거림, 가슴 답답함, 흉통, 숨을 못 쉬는 질식감, 식은땀, 어지러움, 설사와 같이 불안을 동반하는 여러 가지 신체 증상들이 나타나게 되지요. 공황발작이 생기는 장소와 상황도 매우 다양한데요. 대중교통, 넓고 트인 장소, 백화점에서 줄 서 있다가 갑자기, 집에 혼자 있을 때, 자려고 누웠을 때 나타나기도 해요. 대중도 없고 정답도 없지요.

나　설명만 들어도 공황이 밀려오는 것 같아요. 이런 공황장애는 도대체 왜 생기는 건가요?

선생님 공황을 유발하는 요인은 여러 가지가 있어요. 우선 스트레스 같은 심리적 요인을 들 수 있지요. 흔한 대인관계 갈등이나 사랑하는 사람과의 이별처럼 스트레스 상황에서 갑작스레 공황이 촉발되기도 하거든요. 그런데 공황장애는 단순히 심리적인 병은 아닙니다. 생물학적 원인으로, 뇌에 있는 신경전달물질 시스템의 불균형 때문이라는 가설도 있거든요.

나 좀 쉽게 설명해주시겠어요?

선생님 쉽게 말해 우리 뇌의 세로토닌 같은 신경전달물질 시스템의 균형이 깨져서 불안감을 조절해주는 신경중추에 문제가 생겼다고 이해하시면 좋을 것 같아요. 그래서 전혀 불안하지 않아야 하는 상황을 불안하고 두려운 상황으로 인식하는 거죠.

나 생각해보면 제가 공황 증상을 겪었던 상황들은 딱히 두려운 상황도 아니었는데 이게 다 뇌가 착각했기 때문이네요. 지금이라도 이 사실을 알게 되어 참 다행인 걸까요?

선생님 공황장애는 불안장애의 일종이기 때문에 공황을 이해하기 위해서는 불안의 구성 요소를 아셔야 해요. 불안은 크게 세 가지로 나눌 수 있어요. '신체감각', '사고', '행동'이죠. 신체감각은 가슴이 두근거린다거나, 숨이 찬다거나 하는 신체적인 변화를 말해요. 이러한 신체감각이 나타났을 때 자연적으로 지나가면 아무 상관이 없는데, '곧 죽겠구나', '무서운 일이 일어날 거야'와 같이 감각을 해석하는 방법(사고)이 공포감을 불러일으켜요. 앞으로 세경 님과 저는 이런 잘못된 사고를 바꾸는 훈련을 하게 될 거예요. 마지막으로 행동은, 공황 상황을 피하기 위해 하는 회피행동을 의미해요. 이 부분은 다음 시간에 부연 설명해드릴게요.

나 앗! 벌써 시간이 이렇게 되었네요. 진료 시간이 왜 이리 짧지요? (웃음)

선생님 열심히 집중하셨다는 증거겠지요. 오늘은 예고해드렸던 대로 숙제를 한 가지 내드릴 건데요. 극심한 공황을 겪었던 때를 떠올리면서 앞서 설명했던 불안의 세 가지 요소에 맞춰 정리해보세요. 공황발작이 있을 때 느꼈던 신체감각(신체 증상), 사고(그때 떠오르던 생각), 행동(그 상황에서 취했던 행동) 이 세 가지를요. 먼저 본인의 상태를 정리하고 증상을 이해하면 더욱 도움이 되거든요.

나　네, 숙제 꼭 해올게요!

제대로 알면 맞설 수 있다

"지피지기 백전불태." 이는 고대 중국의 병법서인 《손자병법》에 나오는 말로 적을 알고 나를 알면 백번 싸워도 위태로울 것이 없다는 뜻이다. 이것의 원문은 "지피지기 백전불태 부지피이지기 일승일부 부지피부지기 매전필태"로, 적을 알고 나를 알면 백번 싸워도 위태로울 것이 없으나, 나를 알고 적을 모르면 승과 패를 각각 주고받을 것이며, 적을 모르고 나조차도 모르면 싸움에서 반드시 위태롭다는 뜻을 가진다.

공황장애와의 싸움은 단연코 '지피지기'의 싸움이어야 한다. 정작 병에 대해 정확히 알지도 못한 채 이것을 극복하기 위해 노력하는 건, 두 눈을 가린 채 허공에 칼을 휘두르는 것과 같기 때문이다. 나 또한 신기하게도 공황장애라는 병에 대해 배우고 난 후 그것을 막연해하지는 않게 되었다. 여전히 증상은 존재하고 그것을 두려워했지만, 전과 같이 혼란스럽지는 않았다. 나는 이것이 몇 주에 걸친 지식화 과정의 성과라고 확신했다.

우리는 우리가 잘 알지 못하는 것을 두려워한다. 그러니 삶에 공황을 만난 여러분이 가장 먼저 해야 할 일은 공황장애라는 병이 무엇이고 왜 생기는지, 어떻게 진행되고 어떻게 끝이 나는지를 궁금해하고 알아보는 것이다. 다니는 병원의 의사 선생님에게 먼저 제안해보거나 상황이 여의치 않다면 정신과 전문의가 쓴 책을 찾아봐도 좋다. 공황에 대해 배우는 과정에서 분명 전보다 덜 위태로운 당신이 되어 있을 테니까. 공황을 극복해나가는 첫 단추는 먼저 그것을 정확히 아는 것이다.

숙제는
해오셨겠죠?

지난 번 진료엔 숙제가 있었다.

내가 겪은 공황 상황을 떠올리면서

그때의 신체 증상과 생각,

그리고 내가 취했던 행동을 정리해오라는 숙제였다.

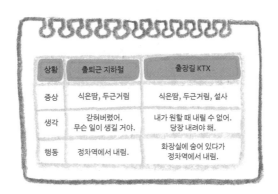

상황	출퇴근 지하철	출장길 KTX
증상	식은땀, 두근거림	식은땀, 두근거림, 설사
생각	갇혀버렸어. 무슨 일이 생길 거야.	내가 원할 때 내릴 수 없어. 당장 내려야 해.
행동	정차역에서 내림.	화장실에 숨어 있다가 정차역에서 내림.

그는 내가 공황이 올 때마다 열차에서 내렸던 행동이,

발작이 일어난 장소나 상황을 피하려는

전형적인 '회피행동'이라고 말하며

신체 증상과 함께 두려운 생각과
회피행동이 계속 반복되는
공황순환의 원리를 설명해주었다.

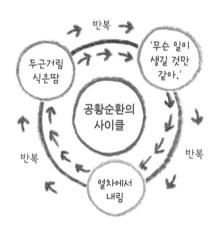

이런 공황순환의 사이클이 반복될수록
불안을 더욱 고착시켜 공황에서 벗어나기가
더욱 힘들어진다는 것이다.

앞으로 나는 무작정 상황을 피하려 하기보다는
차근차근 이 공황순환의 고리를 끊고
전과 같은 일상을 되찾기 위해 노력하기로 했다.

과연 내가 이 지독한 공황의 사이클에서
벗어날 수 있을까? 기대가 된다.

✧ ✧ ✧

오빠, 나 오늘 뭘 배웠는지 알아?

그동안 지하철이나 KTX에서 공황이 올 때마다 바로 다음 역에 내려서 숨을 고르다 가곤 했거든. 그런데 이러한 행동이 두려운 상황을 피하려는 회피행동이라는 거야. 회피행동도 사람마다 다양해서 나처럼 무작정 그 장소에서 도망치기도 하고, 십자가나 염주 같은 종교적인 물건에 더욱 집착하기도 하고, 어떤 사람은 큰소리로 노래를 듣거나 게임을 하기도 한대. 개중엔 술에 의지하는 사람도 있고.

그런데 이런 회피행동 목록 중에 '남편에게 의지하기'가 있더라고. 생각해보니 나도 공황장애에 걸린 후 줄곧 오빠에게 의지했던 것 같아. 퇴근길이 무섭다고 데리러 와달라고 하고 지하철 탈 때마다 손잡아달라고 하는 나야말로 제대로 남편에게 의지하고 있던 것 같아서 진료실에서 큰소리로 웃어버린 거 있지?

그런데 말이야. 이런 회피행동은 분명 두려움에서 벗어나기 위한 무의식적인 행동이지만, 안타깝게도 공황장애를 근본적으로 해결할 수는 없대. 오히려 회피행동이 반복될수록 내 안의 두려움은 점점 커진다고 해.

예를 들어 엘리베이터에서 공황 증상을 겪은 사람이 엘리베이터는 위험하고 두려운 공간이라는 메시지를 스스로 주입하면서 엘리베이터에서 내려 계단을 이용하는 회피행동을 시작했다고 치자. 이런 신체감각, 생각, 회피행동의 사이에는 보이지 않는 순환의 고리 같은 것이 있어서, 자주 반복될수록 두려움을 고착시키기 때문에 벗어나기가 점점 더 어렵다는 거지. 아주 작은 신체 증상에도 겁을 먹고 곧장 회피행동을 하다 보면 나중엔 아예 엘리베이터를 타지 못하게 되는 일종의 '공포증'이 될 수도 있다는 거야. 너무 끔찍하지 않아?

공황이 오면 무작정 피하는 게 정답이 아니었나 봐. 그래서 앞으로는 두려워도 무작정 열차에서 내리는 건 하지 않을 생각이야. 도망치지 않고 조금씩 공황에 다가가는 연습을 해보고 싶어졌거든.

나 이 정도면 공황장애 전문가 같지 않아? 의사도 상담사도 아닌 공황장애 환자 중에 나만큼 공황장애를 잘 아는 사람 있으면 어디 나와보라 그래.

뭐라고? 내가 즐거워 보인다고?

에이, 그럴 리가!

최근 증상이 잘 조절되고 있던 중
또다시 공황 증상을 마주했고,
당황한 나는 곧장 병원으로 달려갔다.

선생님은 흥분한 나를 진정시키며
공황 상황에서 머릿속에
'어떤 생각'이 들었는지 떠올려보라고 하셨다.

나는 잠시 숨을 고른 후 천천히 기억을 더듬어
매 순간 두려움이 불러일으키는
내 안의 메시지를 끄집어냈다.

선생님은 내게 그런 생각이
이성적이고 합리적인지를 물었고,
나는 그게 무슨 뜻인지
처음엔 잘 이해되지 않았다.

질문은 계속되었다.

아니었다.

공황 증상과 함께 떠오르던
두렵고 무서운 생각은 실제로는
전혀 심각한 것이 아니었고 현실적이지도 않았다.

내가
염려하는 일은
일어나지
않겠구나!

이렇게 내가 가진 두려운 생각을 꺼내어
그것이 타당한지를 따져보고
합리적인 생각으로 바꾸는 일은
이후 불안감을 감소시키는 데
정말 큰 도움이 되었다.

✧ ✧ ✧

정신과 전문의가 쓴 칼럼에서 "공황장애는 솥뚜껑을 보고 놀라는 것과 같다"는 내용을 읽은 적이 있다. 인간의 사고는 극심한 두려움을 경험했던 상황과 유사한 상황이 되면 자동적으로 그것을 공포로 인식하는 연결 구조를 갖는데, 그런 현상을 "자라 보고 놀란 가슴 솥뚜껑 보고 놀란다"는 속담에 비유한 것이다. 자라의 등처럼 생긴 솥뚜껑을 보고 두려워하는 것, 공황장애는 그런 병이었다.

실은 매번 공황발작이 올 때마다 반복해서 떠오르던 생각이 있었다. 이곳에 갇혀 있다는 생각, 내가 원할 때 내릴 수 없다는 생각, 당장 여기서 벗어나지 않으면 무슨 일이 벌어질 거라는 생각이었다. 이런 생각은 심장이 두근대고 호흡이 가빠지는 신체 증상과 동시에 팝업처럼 튀어나와 두려움을 일으키고 나를 공포에 떨게 했다. 이 생각은 자라일까, 솥뚜껑일까?

나   선생님, 도대체 왜 자꾸 이런 말도 안 되는 생각이 떠오르는 거죠?

선생님 공황이 오면 이성이 마비되기 때문입니다. 이
       성이 마비되어 작은 불안 요소를 크게 확대해
       석하는 거죠.

나   그럼 이런 생각을 어떻게 바꿀 수 있을까요?

선생님 생각을 바꾼다는 건 왜곡된 사고를 스스로 인
       지하고 바로잡는 것입니다. 방법은 어렵지 않
       아요. 먼저, 평소 증상이 있을 때 들었던 '두려
       운 생각'을 한번 정리해보세요. 그리고 그것을
       '올바른 생각'으로 고쳐보세요. 그렇게 고친 올
       바른 생각을 가지고 공황 상황에서 마인드 컨
       트롤하는 것을 '대안적 사고법'이라고 하는데
       요. 저는 세경 님에게 이 방법을 추천해드리고
       싶어요.

그날 나는 집에 돌아가 진료실에서 배운 내용을 복습
해보기로 했다. 공황 증상이 있을 때마다 두려움을 유발
하던 생각을 떠올려보고, 이를 올바른 생각으로 바꿔보
는 것이다. 이때 가장 중요한 것은 스스로에게 '이런 생
각이 이성적이고 합리적인가?'라는 질문을 끊임없이 던

지는 것이며, 구체적인 수치나 통계자료가 있으면 더욱 좋다고 했다.

일단 출퇴근길의 공황 상황을 떠올려보았다. 그리고 공황 증상이 있을 때 어떤 생각이 두려움을 유발했는지 생각해봤다. '갇혀 있다'는 생각 외에도 '내가 원할 때 내릴 수 없다'는 생각이 있었다. 이런 생각을 다르게 해석할 순 없을까? 이성적이고 합리적으로 말이다. 한참을 생각한 후에 나는 다음과 같은 대안적 사고를 마련할 수 있었다.

[바꾸기 전] 내가 원할 때 내릴 수 없어.

[대안적 사고] 지하철 한 구간의 평균 소요 시간은 3분 정도로 길지 않아. 어떤 불편한 상황이 생긴다고 해도 잠시 후면 이곳에서 내릴 수 있지. 지하철은 내가 원할 때면 언제든, 길어 봤자 3분이면 벗어날 수 있는 매우 자유롭고 안전한 곳이야.

잘못된 생각을 바로잡는 게 얼마나 어려운 일인가 하면, 생각의 오류를 찾기 위해 기억을 되짚어보는 것만으로도 미약한 공황 증상이 있을 정도였다. 그럼에도 나는 이 과정 또한 공황장애 극복을 위해 꼭 필요하다고 말하고 싶다. 단순히 약에 의한 증상 조절에 만족하지 않고 내면 깊은 곳의 두려움에서 벗어나고자 한다면, 나를 괴롭히는 두려운 생각이라는 게 사실은 자라가 아닌 솥뚜껑이라는 걸 스스로 깨우쳐야만 한다.

대안적 사고법의 장점은 공황 상황뿐만 아니라 일상에서도 활용될 수 있다는 거다. 일례로 어떤 걱정거리나 불편한 생각에 사로잡혀 벗어나기 힘들 때가 있다. 마음을 어지럽히는 생각에서 벗어나고 싶을 때 스스로에게 질문을 던져보자. '지금의 걱정을 계속하는 게 내게 어떤 도움을 줄 수 있지?' 내지는 '이 불편한 생각을 이어가는 게 문제를 해결하는 데 어떤 긍정적인 영향을 주지?'라고 말이다. 이런 질문의 답을 찾는 과정에서 불편한 생각을 곱씹는 것이 상황을 해결하는 데 전혀 도움이 안 된다는 걸 깨닫게 되고, 점차 불편한 생각으로부터 자유로워지는 나 자신을 발견하게 된다.

이렇듯 대안적 사고법을 통해 공황 상황에서 늘 동반

되던 두려운 생각을 바로잡고 일상에서도 건강한 생각을 유지할 수 있게 되면서, 공황뿐만 아니라 삶을 대하는 나의 태도에도 자신감이 쌓이기 시작했다.

꼭 공황장애 환자가 아니더라도 이 방법을 통해 생각을 점검하는 습관을 가져보길 권한다. 같은 상황에 놓인 사람들도 알고 보면 그 상황에 대해 제각각의 해석을 하기 마련이다. 생각을 들여다보는 일은 행복한 일상을 위한 첫걸음이며, 건강한 생각과 함께 우리의 몸과 마음도 더욱 건강해질 것이다.

어디 한번 공황을 불러내볼까요?

　정신과 진료를 받으며 꼬박 두 번의 계절을 보냈을 때였다. 그해 봄에 만난 공황은 한여름 폭염과 함께 절정을 달렸고 덕분에 여름내 무더위를 느낄 새가 없었다. 유난히 지독했던 여름이 지나 아침저녁 선선한 바람이 불기 시작했다.

　"툭, 투둑."

　무언가 떨어지는 소리에 부엌 창가를 내다보았다. 한껏 영근 도토리나무 열매가 바닥에 닿는 소리였다.

　"엄마, 이것 좀 보세요!"

　때마침 남편과 산책을 다녀온 딸이 양손 가득 도토리를 주워 왔다. 도토리를 보니 가을도 끝나간다는 느낌이 들어 약간 서글퍼졌다. 공황과 함께 하는 세 번째 계절. 과연 올해가 가기 전에 이 전쟁을 끝낼 수 있을까? 자주 생각했다.

다행히 가을이 되니 시도 때도 없이 나타나던 증상은 거의 사라졌다. 간간이 가슴 한가운데가 철렁하며 내려 앉기도 하고 지속되는 얕은 불안감이 있긴 했지만, 전처럼 극심한 공포를 느낄 정도는 아니었다. 예기불안도 사라진 지 오래였다. 1주일에 한 번씩 가던 정신과 진료는 2주에 한 번으로 조정되었고, 항불안제는 처방 목록에서 완전히 사라졌다. 다만 항우울제는 좀 더 복용해야 한다고 했다. 주치의는 증상이 좋아졌다고 항우울제를 중단하면 안 된다는 걸 강조했다. 치료의 전 과정을 끝까지 성실하게 해내고 싶던 나는 그간의 노력이 헛되지 않도록 매일 같은 시간에 약을 먹기 위해 휴대폰 알람을 맞추어두었다.

노출 훈련을 시작하다

"혹시, 노출 훈련을 해볼 의향이 있으신가요?"

치료가 순조롭게 진행되자 선생님은 새로운 제안을 했다. 노출 훈련은 내 인지행동치료 계획의 가장 마지막 단계의 훈련이었다. 언젠간 하게 될 거라 막연히 여겨온 과정을 불쑥 제안받으니 실감이 잘 나질 않았다.

"노출 훈련은 공황장애를 극복하는 연습입니다. 공황 상황에 내 몸을 던져두고 스스로 극복해봄으로써 그것이 안전하다는 걸 체득하는 훈련이죠. 그동안 공황 증상이 해롭지 않다는 걸 머리로 이해하고 생각을 바로잡는 시간을 가지셨다면, 앞으로는 직접 몸으로 느끼고 극복하는 훈련을 하셔야 합니다. 그것이 공황을 이기는 방법이니까요."

그날따라 그의 말에 힘이 느껴졌다. 정신과 의사라는 직업 때문일까? 그는 내게 무언가를 이야기할 때 늘 조심스러워했다. 특히 증상에 관해 설명할 때면 내가 불안해하지 않도록 한껏 주의를 기울이면서 단어 하나하나의 선택에도 신중을 기한다는 걸 잘 알고 있었다. 그런데 그날 노출 훈련을 제안함에 있어서는 평소와 조금 달랐다. 마치 스승이 제자를 바라보는 확신에 찬 응원의 시선처럼 그의 눈빛이 "넌 할 수 있어!"라며 밀어붙이는 것 같았다. 내가 의사인 그를 믿는 만큼 그도 환자인 나를 신뢰하고 있다는 느낌이 들었다.

"네, 해볼게요."

얼떨결에 이렇게 대답했다.

나는 노출 훈련의 방법에 대해 보다 자세한 설명을 들을 수 있었다. 우선 공황 증상이 있을 때 피하지 않고 불안감을 최대한으로 느낄 것. 그다음 그간 체득한 나름의 대처 기술(이에 대해서는 별도의 글로 소개하겠다)을 사용해 불안감을 떨어뜨려보는 것이다.

내가 배운 바에 의하면 공황발작이라는 것은 처음과 끝이 존재하며 반드시 지나가는 증상이다. 그러므로 노출 훈련을 반복하다 보면 공황 증상이 위험하지 않다는 것을 몸으로 체득하게 되고, 이런 신체적 깨달음이 쌓이면 어느 순간 공황 증상에 대한 공포감이 줄어들게 된다.

그런데 한 가지 예상치 못한 문제가 있었다. 노출 훈련을 위해서는 훈련의 재료가 되는 공황 증상이 있어야 하는데, 최근 들어 공황발작이 거의 없었다는 게 문제였다. 전처럼 증상이 자주 일어난다면 직접 그 상황을 활용해 연습하면 되지만 증상을 느낄 기회가 많지 않으니 난감했다.

"어디 한번 공황을 불러내볼까요?"

그는 걱정할 필요가 없다는 듯 말했다. 그러고는 공황을 유발시켜 훈련의 재료로 활용할 것을 권하면서, 교감신경을 항진시켜 발작을 일으킬 수 있는 몇 가지 운동을 알려주었다. 그가 알려준 운동은 일상에서 쉽게 해볼 수 있는 것들로, 무척 간단했다. '빨대로 숨 쉬기', '제자리 돌기', '계단 오르내리기', '숨 참기.' 나는 진지하게 시범까지 보여주는 주치의의 모습이 우스꽝스러워서 그만 웃음을 터트리고 말았다.

선생님　이 운동들을 해보면서 어느 정도의 불안감이 유발되는지 스스로 체크해보세요.

나　　　체크는 어떻게 해야 하죠?"

선생님　쉽게 0점에서 8점까지 불안한 정도를 점수로 매기고, 그중 3점 이상인 운동들을 노출 훈련에 사용하면 돼요. 환경이 안전하게 느껴지면 증상이 나타나지 않을 테니 대중교통처럼 평소 두려워하던 장소에서 해보시길 권합니다.

나　　　잠깐! 지금 저 보고 지하철에서 저걸 하라는 말씀이신가요? 이상한 사람처럼 보이기 딱이겠는걸요?

1. 빨대로 숨 쉬기

2. 제자리 돌기

3. 계단 오르내리기

4. 숨 참기

말로는 이런 이상한 걸 어떻게 하냐며 손사래를 쳤지만 속으론 겁이 났던 것 같다. 지금까지 나는 성실하게 치료에 임해왔다. 약도 꾸준히 복용했고 진료에 빠진 적도 없었다. 인지행동치료를 시작하고부터는 숙제도 열심히 했다. 하지만 노출 훈련은 그동안 해온 것들과는 완전히 다른 방식의 훈련이었다. 그동안은 어쩔 수 없는 고통을 감수해온 것이었다면, 이 훈련은 스스로 손목을 긋는 일처럼 느껴졌다. 무엇보다 이제 겨우 평온해진 일상을 또다시 무너뜨릴 자신이 없었다.

결국 나는 노출 훈련을 조금 더 생각해보기로 했다. 시간이 좀 더 필요하겠다고 핑계를 댔지만 단순히 시간의 문제는 아니었다. 겨우 잠재운 공황 증상을 다시금 마주할 생각을 하니 눈앞이 캄캄해졌기 때문이다. '연습 삼아 불러낸 공황이 뜻대로 다루어지지 않는다거나, 증상이 전보다 심해지기라도 하면 어쩌지?' 하는 생각에 두려워 결심이 서지 않았다.

"괜찮아요. 언제든 본인이 내키실 때 하시면 됩니다."

주치의의 위로의 말에도 불구하고 나는 뒤로 물러났다는 생각에 마음이 편치 않았다. 왠지 이대로 모든 걸 포기해 버릴 것만 같아서, 더는 앞으로 나아갈 수가 없을 것 같아서 초조해졌다.

노출 훈련을 포기한 것은 아쉽지만 너무 조급하게 생각하지 않기로 다짐했다. 그때 내가 할 수 있는 유일한 것은, 흘러가는 시간에 대한 아쉬움도 언젠가 해야 할 노출 훈련의 압박도 모두 내려놓고, 몸과 마음이 충분히 준비가 될 때까지 스스로에게 시간을 주는 일이었다. 우선은 나의 공황이 천천히, 그러나 꾸준히 좋아지고 있다는 사실에 만족하기로 했다. 조바심을 버리고 나 자신과 주어진 상황에 너그러워지는 것, 이 또한 공황을 통해 배운 삶의 태도였다.

꽉 막힌 도로에서
내리지 않았다

남편과는 4년의 뜨거운 연애 끝에 결혼했다. 항상 날카롭게 날이 서 있던 나와 달리 모든 면에서 여유를 가진 그가 좋았다. 나는 솔직함을 가장해 독설도 잘 내뱉곤 했는데, 그는 그런 나를 한결같이 따뜻하게 품어주는 사람이었다. 나는 그와 함께하면서 남을 배려하는 습관이 사람을 얼마나 우아하게 만들어주는지, 솔직함과 무례함의 차이가 무엇인지를 배우며 산다. 만일 그가 조선 시대에 태어났다면 분명 잘 배운 양반집 자제였을 것이다. 그는 내가 만난 남자 중 유일하게 맞춤법을 단 한 번도 틀리지 않은 사람이니까. 자, 남편 자랑은 여기까지!

그날은 남편과 저녁에 외식 약속이 있는 날이었다. 아기를 맡길 곳이 없어 시댁에서 지내다 보니 특별한 날을 제외하고는 단둘이 저녁을 먹는 것도 여간 눈치가 보이는 일이 아닌데, 오늘은 남편이 나를 해방시켜주겠다고 했다. 시부모님에겐 적당히 둘러댔으니 단둘이 맛있는 것도 먹고 간만에 데이트도 하자는 것이다. 원래도 따뜻한 사람이 공황장애 치료를 시작한 후론 사소한 것까지 신경 써주고 있다는 느낌이 들었다.

예약한 식당은 구기동에 위치한 일식집이었다. 우린 회사 앞 광화문 광장에서 버스로 이동하기로 했다. 단순히 그게 가장 빠르다고 해서 선택한 거였는데, 아뿔싸! 퇴근길 교통 체증을 미처 생각하지 못한 게 문제였다. 정류장을 출발한 버스는 얼마 가지 못하고 곧 멈춰 서고 말았다.

잠시 딴생각에 잠겨 있던 나는 한참을 움직임이 없는 듯한 느낌에 창밖을 내다보고는 소스라치게 놀랐다. 내가 탄 버스가 왕복 10차로의 도로 위 수많은 차들에 둘러싸여 꼼짝도 하지 않고 서 있었기 때문이다. 마치 거대한 도로 위에 갇혀버린 것 같았다. 초조해졌다. 저 멀리 신호등의 빨간색 불빛이 어서 초록색으로 바뀌길 간절히 바랐다. 하지만 불행히도 신호가 채 바뀌기도 전에, 내가 무엇을 더 생각해내기도 전에 극심한 두려움과 공포가 내 안으로 마구 밀려 들어오기 시작했다. 심하게 요동치는 심장소리와 연신 흘러내리는 이마의 식은땀은 이미 '그것'이 시작되었음을 말해주고 있었다. 질식감에 숨을 쉬는 것조차 쉽지 않았다. 간만의 공황발작이었다.

애써 침착하게 주변을 둘러보았다. 버스 손잡이만큼 떨어진 거리에 남편이 이어폰을 꽂고 무언가를 보고 있었다. 그래, 요즘 유튜브에 재미난 게 많다고 했지. 나의 공황 때문에 그의 즐거움을 방해하고 싶진 않았다. 천천히 심호흡을 하며 휴대폰의 명상 어플을 켰다. 가방을 마구 뒤적여 바닥에서 집어 올린 잔뜩 엉킨 이어폰을 보니 지금의 어지러운 내 상태 같아 속이 상했다.

'침착하자. 데이트를 망칠 순 없어.'

주섬주섬 이어폰을 연결하며 생각했다. 공황이 집어삼킨 나의 두 손은 땀으로 흠뻑 젖어 떨리고 있었다. 바로 그 순간이었다. 차디찬 내 손 위로 따뜻하고 큰 손이 포개어졌다.

"많이 힘들어?"

"어떻게 알았어? 이어폰 꽂고 있었잖아."

"다 알지. 다음에 내릴까?"

그는 어느새 내 곁에 바짝 다가와 있었다. 따뜻한 손의 온기를 느끼자 떨리는 마음이 조금씩 진정되었다. 지금 우리가 함께여서 참 다행이라고 생각했다. 혼자가 아니라는 생각에 용기가 생겼던 걸까? 어쩌면 바로 지금이 포기했던 노출 훈련에 도전해볼 아주 적당한 때라는 확신이 들었다.

버스는 드디어 신호를 받고 천천히 핸들을 꺾기 시작했다. 나의 공황 증상은 이미 정점을 찍어 누가 봐도 제정신이 아닌 사람처럼 보였을 거다. 남편은 나보다 더 초조해하며 다음 정류장에서 내리자고 했지만, 정작 나는 내리지 않겠다고 말했다. 노출 훈련을 해보고 싶었기 때문이다.

그날따라 유난히 덜컹거리던 버스, 그 속에서 나를 집어삼키는 두려움을 오롯이 느껴보았다. 그다음으론 그곳에 갇혀 있다는 생각이 더는 번지지 않도록 대안적 사고를 떠올려봤다.

'그래 필요하면 언제든 내릴 수 있어. 난 여기에 갇힌

게 아니야.'

지식화 과정에서 배웠던 것처럼 이 모든 증상도 끝이 있고 결국 지나갈 거라고 되뇌는 것도 잊지 않았다. 이어폰에서 흘러나오는 명상에 귀를 기울이면서 느리고 깊은 호흡을 천천히 이어갔다. 그렇게 약 25분을 견뎠다.

놀랍게도 시간이 지나면서 증상이 조금씩 잦아들었다. 아니, 어쩌면 내가 증상에 익숙해진 건지도 모르겠다. 결과적으로 목적지에 다다를 즈음엔 처음만큼 두렵고 힘들지는 않았다. 마침내 목적지를 알리는 안내방송이 흘러나왔고, 나는 기쁜 마음으로 벨을 눌렀다.

버스에서 내린 후에야 여전히 우리가 손을 잡고 있다는 걸 알았다. 두 손은 이미 땀으로 흠뻑 젖어 끈적였지만 노출 훈련에 집중하느라 미처 몰랐던 것이다. 그 끈적이는 손을 풀고 우리는 잠시 동안 서로를 마주 보며 웃었다.

이런 생각이 들었다. 끔찍했던 그 순간에 그가 내 곁에 없었다면 어땠을까? 만일 내가 혼자였더라도 노출 훈련에 도전할 수 있었을까? 중간에 내리지 않고 온전히 나의 여정을 마칠 수 있었을까? 그리고 곧 깨달았다. 오늘의 이 작은 성공은 혼자였다면 불가능했을 것임을.

결코 외로운 싸움이 되어서는 안 되는

공황 에세이를 연재하며 받았던 온라인 독자들의 연락 중 유독 기억에 남는 것들이 있다. 본인이 아닌 주변의 사람이 공황장애로 힘들어하고 있다며 조언을 구하는 이메일이었다. 단순히 병원이나 의사를 추천해달라는 내용이 아니었다. 가족, 친구, 소중한 누군가의 아픔을 진심으로 걱정하고 안타까워하는 마음, 곁에서 어떤 작은 도움이라도 주고 싶어 하는 선한 마음이 한 글자 한 글자에 녹아 있었다.

"친구에게 다시 예전처럼 맛있는 음식을 함께 먹을 수 있을 때가 올 거라고, 잘 버티고 있다고 말해주는 것 말고는 해줄 게 없어요. 옆에서 보기 진짜 마음 아파요."

캡슐 유산균을 먹다가 목에 걸려 극심한 공포를 느낀 뒤로 음식을 전혀 먹지 못하게 된 친구를 걱정하는 마음, 회사 스트레스로 공황장애 진단을 받은 남편에게 매일 아침 무슨 말을 해주면 좋을지 고민하는 아내의 마음, 멀리 유학 중인 딸에게 찾아온 공황 증상에 발만 동동 구르던 어머니의 애타는 마음을 그제서야 조금 헤아릴 수 있을 것 같았다.

그날 나는 노출 훈련을 통해 공황의 한가운데에 평화가 자리하는 경험을 했다. 동시에 늘 나의 곁에서 나를 지켜주고 응원하는 존재가 있다는 것도 새삼 깨달았다. 나는 뭐든 혼자 힘으로 해내왔다는 데 자부심을 느끼며 살았다. 그래서 남편에게도 공황에 빠져 허우적대는 모습을 보이고 싶지 않았던 것 같다. 하지만 그는 내가 생각한 것보다 나의 상태에 대해 잘 알고 있었으며, 진심을 다해 염려하고 있었다. 그 마음을 알아채지 못했던 지난 날들에 미안해졌다. 어떤 종교도, 철학도 믿지 않는 나지만 그날 이후 사랑의 힘만은 믿게 되었다.

많은 정신과 전문의들이 공황장애를 극복하기 위해서는 용기 내어 적극적으로 다가가야 한다고 말한다. 하지만 그렇게 용기를 내기 위해선 우리가 결코 혼자가 아니라는 사실을 기억해야만 한다. "멀리 가려면 함께 가라"는 오래된 아프리카의 속담처럼, 외로운 상태에서는 쉽게 용기를 낼 수 없고 지금 있는 곳에서 단 한 발자국도 뗄 수 없기 때문이다.

나는 지금 이 순간도 지독한 공황과 싸우는 이들에게 말하고 싶다. 주위를 한번 둘러보라고. 그리고 여러분을 진심으로 아끼는 소중한 이들의 마음을 알아차리라고 말이다. 그렇게 우리의 마음이 따스한 사랑의 온기로 가득 찰 때 두려움과 맞설 용기도, 공황에 다가갈 힘도 생기는 게 아닐까? 그날 버스에서의 나처럼 말이다.

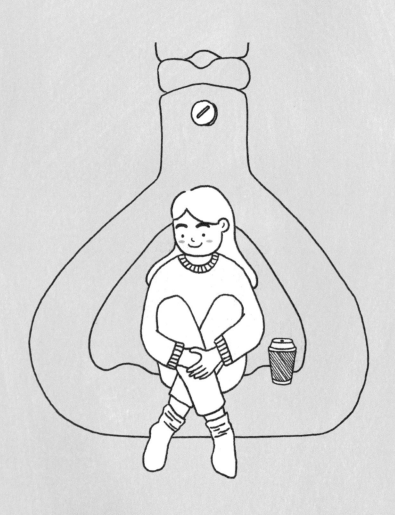

Part 5

갑작스레
몰려오는
불안에
대처하는 법

✧ ✧ ✧

벗어나려고 너무 애쓰지 말 것

의사 선생님의 권유로
'마음챙김 명상'을 시작했다.

마음챙김은
'매 순간순간의
알아차림'을
뜻해요.

마음챙김 명상은 남방불교에서
2천 년 넘게 성행하던 명상법으로,
근래에는 스트레스 관리나 인지행동치료에도
많이 활용되는 명상법이다.

이 명상법의 핵심은
주의 깊게 현재에 집중함으로써
고통에서 벗어나려 하기보다는
있는 그대로를 알아차리고
받아들이는 것이다.

앉아서도,
누워서도,
지하철에서도
할 수 있어요.

들숨,
날숨의 느낌에
집중하자.

가만히 호흡에 집중하면서
떠오르는 생각이나 불편한 느낌을
가만히 느끼고 알아차려본다.

이 모든 건 곧 사라질 것이기에
원치 않는 불편한 감각이나 느낌일지라도
없애려 하지 말고 그저 있는 그대로를
느끼고 알아차려보는 것이다.

때론 현재의 순간을 인정하지 않고
벗어나려 애쓰는 마음이
더 큰 고통을 가져오기에

나는 몸과 마음이 아플수록
그 아픔에 있는 힘껏 주의를 기울여
평온을 찾아가는 방법을 배우고 있다.

✧✧✧

나　　선생님, 저 운동을 좀 해볼까 봐요. 헬스나 필라
　　　테스 같은 거요.

선생님　평소에도 운동을 하시나요?

나　　아니요, 전혀요.

선생님　그런데 갑자기 왜 운동을 하려고 하시나요?

나　　그냥… 공황에 도움이 될까 싶어서요.

선생님　하지 마세요, 지금은 안 돼요.

　　하루는 내가 운동을 시작하겠다고 하자 선생님이 말
렸다. 내 딴에는 조금이라도 도움이 되지 않을까 싶어 한
결심이었다. 보통 건강이 안 좋을 땐 운동을 떠올리곤 하
니까. 그런데 공황 증상으로 힘이 들 땐 무리한 운동은
도움이 되지 않는다고 한다. 갑작스런 신체 운동으로 교
감신경이 활성화되면 오히려 불안을 촉발해 또다시 공
황 증상을 유발할 수 있다는 이유에서였다.

　　나　　그럼 공황 증상에 도움이 될 운동은 없을까요?

선생님 신체적인 운동보다는 명상이 도움이 될 수도
       있어요.
나   명상이라고요?
선생님 네, 단전호흡도 좋고요. 요즘은 직접 센터에 가
       지 않고도 유튜브나 어플로도 쉽게 접할 수 있
       어요. 원하신다면 동료 의사들한테 정보를 알
       아봐드릴게요.

신체 운동을 대신해 추천받은 건 명상과 단전호흡이
었다. 문득 항상 황토색 개량한복을 입고 다니던 중학교
때 담임 선생님이 생각났다. 그녀는 단전호흡이 취미라
고 했다. 덕분에 매일 아침 조회 시간이면 우리는 강제로
눈을 질끈 감고 몇 분간 앉아 있어야 했는데, 그 짧은 시
간이 그렇게 지루하고 좀이 쑤시는 게 아니었다. 나는 몰
래 실눈을 뜨고 옆자리 친구와 키득거리거나 주변 친구
들의 표정을 살피며 장난을 치곤 했다. 담임 선생님이 개
설한 방과 후 단전호흡 교실에 신청자가 한 명도 없어 폐
강되었다는 소식을 들었을 때 나는 당연한 결과라고 생
각했다. 과연 이 세상에 그런 이상한 걸 하는 사람이 누

가 있을까 싶었기 때문이었다. 그런데 그 이상한 걸 내가 하게 될 줄이야. 역시 사람 일은 모르는 거다.

인터넷에 검색해보니 명상과 단전호흡은 얼핏 비슷해 보이지만 조금씩 추구하는 바가 다른 것 같았다. 나는 샘플 영상을 조금씩 살펴본 후에 여러 가지 명상 중에서 '마음챙김 명상'을 해보기로 했다. 이걸 선택한 특별한 이유는 없다. 그냥 빨리 뭐라도 시작해야 할 것 같았다.

마음챙김 명상과 알아차림

마음챙김 명상은 몸과 마음에서 일어나는 현상을 알아차림으로써 통찰과 지혜를 얻는 명상법이다. 여기서 '마음챙김'은 매 순간순간의 알아차림을, '알아차림'은 대상에 주의를 집중해 있는 그대로를 관찰한다는 것을 의미한다.

공황 증상이 나타날 때마다 내가 어땠는지 생각해봤다. 처음엔 한동안 미친 사람처럼 벗어날 방법을 찾아 헤맸다. 시도 때도 없이 휴대폰을 들고 극복 사례를 검색했고(그러나 찾지 못했다), 진료실에서는 수시로 완치될 수 있는 거냐며 질문을 퍼부었다(그러나 확답을 받지 못했다). 가슴이 조금만 두근거려도 공황이 시작될까 두려워했고, 예기불안이 오면 어떻게든 피해야 한다는 생각에 혼란스러웠다. 그러다 증상이 있던 날이면 또다시 원점으로 돌아가 인터넷에 극복 사례를 검색하며 이 증상으로부터 벗어날 방법을 찾고 실망하는 일을 반복했다. 원치 않는 불행한 일을 겪으면 사람은 이렇게 된다.

우리는 항상 우리를 힘들게 하는 것, 고통스러운 것에서 벗어나는 데만 집중한다. 그렇다고 당장 벗어날 수 있는 것도 아닌데. 나를 괴롭히는 불편한 생각과 느낌을 어떻게 하면 완전히 사라지게 할지에 온 신경을 쏟다 보면, 그것은 보란 듯이 눈덩이처럼 커져서 더 큰 고통을 주는 악순환에 빠진다. 그런데 좀 이상하지 않은가? 이 마음챙김 명상이라는 것은 그런 고통을 거부하지도 피하려 하지도 말라고 가르치니 말이다. 그저 가만히 알아차린다는 건 어떤 걸까?

처음엔 그저 증상이 있을 때마다 당장 어찌할 방도가 없기 때문에 억지로 따라 했던 행위였다. 그런데 시간이 지날수록 점차 명상이 의도하는 '알아차림'의 진정한 의

미를 깨달을 수 있었다. 알아차린다는 건 현상을 있는 그
대로 바라보는 것이며, 어떤 거부나 편견의 감정 없이 현
재를 인정하는 것이었다. 때론 현재를 거부함으로써 고
통이 시작되는 거니까.

"고통은 불가피하지만 괴로움은 선택이다."

어디선가 봤던 이 말을 나는 이제야 이해할 수 있다.
'고통에서 회피하려 하지 않고 명확하게 깨어 맞이하면
고통은 단지 고통일 뿐이다'라는 그 의미를 말이다. 지금
이 순간도 고통에서 벗어날 방법을 찾아 헤매고 있는 여
러분에게 내가 알게 된 사실을 알려주고 싶다. 억지로 벗
어나려고 애쓸 필요가 없다고. 지금 우리에게 필요한 건
거부하고 밀어내는 감정이 아니라, 있는 그대로를 받아
들이고 알아차리는 것임을. 힘들겠지만 속는 셈 치고 이
렇게 생각해보자.

'또 공황이 오고 있구나.'

'내가 지금 불안해하고 있구나.'

모든 괴로운 순간은 결국 지나가기 마련이다. 우리는
그 사실만 기억하면 된다. 그러니 다 괜찮다.

◇◇◇

작가님, 안녕하세요.

저는 공황장애를 겪고 있는 30대 회사원입니다.

우연히 작가님의 그림과 글을 보았습니다.

공감도 되고 힘도 되네요. 실은 다음 주 휴가를 앞두고

있는데 벌써부터 비행기 타는 게 두렵습니다.

작가님만의 극복 노하우가 있으신지요?

소개해주신 명상은 어떻게 하는 것인지요?

명상에 관한 글을 쓰고 나서 의외로 이 명상법에 관심을 보이는 독자분들이 많았다. 특히 기억에 남는 건 휴가를 앞두고 비행기를 탈 일이 벌써부터 두렵다며 연락을 주셨던 독자분의 사연이었다. 실은 나 또한 여름휴가를 앞두고 같은 이유로 고민한 적이 있었다. 진지하게 휴가를 취소할 생각마저 했을 정도였다.

내가 이런 고민을 하며 병원을 찾았을 때, 주치의는 "한번 다녀와 보세요. 괜찮으실 거예요"라는 말을 되풀이하며 용기를 복돋아주었다. 안 괜찮을 것 같은데 도대체 뭐가 괜찮다는 건지. 자꾸 괜찮을 거라 말하는 선생님이

조금은 얄밉게 느껴졌지만, 결국 나는 비상약과 명상, 이 두 가지를 붙들고 덜덜 떨며 비행기에 올랐다. 미리 비상약을 복용할 수도 있었지만 그렇게 하지 않았던 이유는 스스로 이겨내는 경험을 쌓아가라는 주치의의 충고가 생각나서였다.

결론부터 얘기하면 나는 비상약을 먹지 않고 명상만으로 비행기에서의 공황을 다루는 데 성공했다. 고작 세 시간의 길지 않은 비행시간이었지만, 불안이 몰려올 때마다 눈을 감고 명상에 집중하다 보니 정말로 괜찮아졌다. 한두 번 성공하고 나니 자신감이 붙어 돌아오는 길은 더 편안했다. 휴가에서 돌아온 후 이런 생각이 들었다. 만일 내가 이 같은 경험을 하지 못하고 미리 약을 복용했거나 휴가를 취소했다면 어땠을까? 아마도 그 다음번엔 비행기를 타는 게 더욱 두렵고 힘든 일이 되었을 것이다.

지금부터 내가 실제로 하고 있는 명상 방법을 자세히 소개해보고자 한다. 미리 말하지만 나는 명상을 제대로 배운 적이 없다. 그저 내가 편한 방법으로 차근차근 유튜브와 어플을 따라 하고 증상을 다루는 데 만족하는 사람일 뿐이다. 그러니 내가 하는 방법이 정통 명상법이 아님을 서두에 밝힌다. 굳이 이름을 붙이자면 '공황 증상 완화를 위한 야매 명상법' 정도로 해두자.

1단계: 가장 편안한 자세 취하기

우선 두 눈을 감고 편안한 자세를 취해본다. 앉아 있어도, 서 있어도 괜찮다. 만일 누워 있다면 더 좋다. 명상을 하다 잠이 오면 그냥 그렇게 잠들면 되니까.

2단계: 안전하다고 생각하기

그다음은 안전함을 느끼는 단계다. 만일 의자에 앉아 있다면 의자에 닿는 엉덩이의 감촉을, 지하철에 서 있다면 손잡이를 잡은 손과 두 발의 느낌을, 누워 있다면 몸이 땅과 맞닿아 있는 단단함을 느껴본다. '난 안전해'라고 생각하면서.

3단계: 알아차리기

현재 몸에서 일어나는 증상과 느낌, 감정을 있는 그대로 알아차린다. 현재를 인정하고 받아들이는 것이다. 나의 경우 심장이 두근거려 불안한 상황이라면 '심장이 빨리 뛰고 있네. 마음이 불안하구나' 하고 생각한다. 호흡이 빨라지고 진땀이 나 어쩔 줄 모르겠다면 '호흡이 빨라지고 있네. 땀이 맺히고 있어. 증상이 시작되었구나' 이런 식으로 말이다. 이때 '싫어, 불편해, 벗어나야 해'처럼 어떤 판단이나 부정적인 감정을 갖지 않도록 주의해야 한다.

4단계: '괜찮을 거야'라고 생각하기

분명한 사실은 이 모든 증상은 시간이 지나면 괜찮아진다는 점이다. 명상을 하는 내내 이 점을 꼭 기억해야 한다. 증상이 사라지는 데 몇 분, 혹은 그 이상이 걸릴 수도 있다. 그럴 땐 이런 생각을 해본다. '잠시 후면 다 괜찮을 거야'라고.

명상은 공황 덕분에 알게 된 좋은 친구다. 나는 명상 덕분에 공황 증상이 나타나도 전처럼 혼란스럽거나 두려움에 떨지 않게 되었다. 꼭 공황 증상이 아니더라도 극도의 긴장 상태나 원치 않는 증상과 함께할 때에도 마찬가지다. 단지 알아차림만으로도 마음에 평온이 스며든다는 걸 이제는 안다. 아무리 힘든 순간도 지나가기 마련이고, 언제든 우리가 가진 편안한 호흡으로 돌아올 수 있음을 기억하자. 명상과 함께 나의 내면이 단단하고 평온해진 것처럼 이 글을 읽고 있는 여러분의 마음에도 평온이 자리하면 좋겠다.

친애하는 외출 준비물을

소개합니다

✧✧✧

　현관문을 나서는 것조차 용기가 필요하던 시기가 있었다. 시도 때도 없이 공황발작이 있던 초기엔 집 밖을 나서는 게 두려운 일처럼 느껴졌었다. 그땐 엘리베이터의 비좁은 공간, 지하 주차장의 차가운 공기가 주는 압박감에도 쉽게 가슴이 두근거렸고, 곧 마을버스와 지하철을 타야 한다는 생각에 극도로 예민해졌다.

　특별히 신경 쓰지 않던 당연하던 일상에 무시무시한 괴물이 숨어들었다고 생각했다. 그 괴물은 호시탐탐 나를 노리고 있어서 내가 잠시라도 빈틈을 보이면 곧장 나를 덮칠 것만 같았다. 집에서도, 길에서도, 회사에서도, 지하철과 버스에서도. 그곳이 어디든 괴물은 늘 내 곁에 머물렀다. 도무지 예측할 수가 없었다.

　중국 역대 왕들이 북방 민족의 침입을 막기 위해 거대한 만리장성을 세운 것처럼, 예측할 수 없다는 것은 항시 철저히 대비해야 함을 의미했다. 비록 만리장성을 쌓아 올릴 순 없지만, 갑작스런 공황에 대비해 몇 가지 준비물을 챙기기로 했다. 나는 이 외출 준비물 덕분에 일상을 지킬 수 있었다. 이것은 언제 어디서든 불쑥 공황을 만나더라도 당황하지 않게 만들어줄 뿐만 아니라, '항상 준비가 되어 있다'는 심리적인 안정감을 느끼게 해주었다. 덕분에 나는 점차 외출하는 걸 두려워하지 않게 되었다. 이 글을 통해 여러분에게 나의 친애하는 외출 준비물 목록을 소개해보고자 한다.

1. 비상약 항불안제

공황장애 환자가 비상약인 항불안제를 챙기는 건 당연한 일이다. 늘 스스로 조절하려는 노력을 우선시하는 편이었기에 실제로 비상약을 사용한 적은 손에 꼽을 정도지만, 나는 항시 이것을 지니고 다녔다. 의사 선생님이 권하기도 했지만, 왠지 비상약이 파우치에 들어 있다는 사실만으로도 든든한 느낌이 들었기 때문이다. 실은 병원 치료와 약물치료를 중단(나는 이것을 '졸업'이라 부른다)한 지 1년이 지난 지금도 나는 여전히 비상약과 함께 외출한다. 전처럼 약에 의지한다기보다는 혹시 모를 상황에 대비해서다. 그리고 자주 바란다. 파우치에서 비상약이 완전히 사라지는 날이 오기를. 그날엔 '진정한 졸업'의 의미로 성대한 파티를 해야지.

2. 휴대용 약 케이스

비상약과 더불어 새롭게 관심을 갖게 된 소품이 있다면 바로 '휴대용 약 케이스'다. 처음엔 병원에서 처방해준 약봉지를 낱개로 뜯어 가방 속주머니에 넣어 가지고 다녔다. 그런데 크기가 작아 쉽게 부서져 가루가 되곤 했다. 가루가 된다고 약효가 떨어지는 건 아니겠지만, 손실이 발생하고 가방이 더러워져 털어내는 데 애를 먹었다.

한동안 이 문제로 고민을 하던 중 플라스틱으로 만들어진 휴대용 약 케이스가 있다는 걸 알게 됐다. 손바닥 반만 한 사이즈에 칸칸이 구분도 되어 있어 파우치에 쏙 넣어 다니기도 안성맞춤이다. 약 케이스를 사용한 후론 약이 부서지는 일도, 터진 봉지 사이로 이 약이 흘러나와 사라지는 일도 없었다. 좀 뜬금포지만 요즘은 프랑스 자수가 놓여진 거울 달린 약 케이스가 갖고 싶다. 예쁜 케이스에 담긴 항불안제라면 왠지 더 기분 좋은 마음으로 지니고 다닐 수 있을 것 같아서다. 적당한 걸 찾으면 나에게 선물하고 싶다.

> TIP
> 휴대용 약 케이스는 다이소에서 천 원 정도에 구입할 수 있다. 운이 좋으면 새로 개업한 약국에서 판촉물로 나누어주기도 한다.

3. 명상 앱

앞에서도 얘기한 적 있지만 나는 명상의 도움을 많이 받았다. 유료 명상 앱 서비스도 정기 구독하고 있는데, 정기 구독의 장점은 위급할 때 언제 어디서든 전문가의 가이드를 받으며 명상을 할 수 있고, 그렇게 집중하는 것만으로도 매번 좀 더 나은 컨디션이 된다는 데 있다.

지금은 공황이나 불안 증상이 거의 없지만, 나는 이 정기 구독만큼은 유지하고 있다. 비용이 월 3천 원 정도로 부담스럽지 않을뿐더러 요즘엔 명상이 일상에서 마음을 돌보는 행위로 자리를 잡았기 때문이다. 이른 아침 출근 준비를 하면서도, 빗길을 걸으면서

도, 고된 하루를 마치는 퇴근길에도 나는 자주 이 명
상 앱을 켜곤 한다. 언젠가 내게 시간이 허락된다면
명상을 체계적으로 배워보고 싶다.

> TIP
> 마보, 헤드스페이스, 클라, 타이드 등 최근 유료 명상
> 앱이 많이 출시되었다. 샘플로 제공되는 무료 프로그
> 램을 들어보고 본인에게 잘 맞는 것을 선택하길 추천
> 한다.

4. 이어폰

이어폰이야말로 없어서는 안 될 외출 필수품이다. 주
로 명상 앱이나 음악을 '듣기 위한' 용도로 사용하지
만, '듣지 않기 위한' 용도로도 무척 유용하다. 나의
경우 일과 관련해 압박을 받거나 스트레스가 심한 날
이면 회사에서도 자주 공황 증상이 나타나곤 했다.
그럴 땐 가만히 이어폰을 꺼내 귀에 꽂으면 주변의
소음이 차단되어 현재에 집중하는 데 도움이 되었다.
단지 평소보다 조용한 상태를 유지하면서 호흡을 고
르게 하는 노력만으로도 마음은 평온을 찾는다.

5. 작은 생수 한 병

다른 사람의 공황을 목격한 후부터 필요성을 인식하게 된 준비물이 있다. 바로 생수다. 하루는 출근길 지하철에서 공황발작을 일으킨 다른 사람을 보았다. 나와 비슷한 30대 중반의 여성이었는데, 갑자기 지하철 문을 두드리며 제발 이 문 좀 열어달라고 외치는 모습에 그곳에 있던 모두가 깜짝 놀랐다. 그녀는 손으로 문을 열려고 애를 쓰다가 곧 포기하고는 다급하게 물을 찾기 시작했다.

"누구 물 있으세요? 여기 물 가지신 분 없으세요?"

힘겹게 외치는 그녀를 보는 것만으로도 그녀가 느끼고 있을 두려움과 공포가 나에게까지 고스란히 전달되는 것 같았다. 마침 누군가의 마시다 만 생수가 건너 건너 전해졌다. 그녀는 가방 속에서 흰색 알약(아마도 비상약 항불안제였을 것이다)을 꺼내 물과 함께 벌컥벌컥 삼킨 후 다음 역에서 바로 내렸다. 나는 그날 물이 없으면 약을 먹을 수 없다는 아주 기본적이고 당연한 사실을 몸소 체감했다. 그리고 나의 외출 준비물 목록에도 생수 한 병을 추가했다. 공황 상황에 대비가 될 뿐만 아니라 물은 자주 마시면 몸에 좋은 거기도 하니까. 그런 의미에서 200밀리리터 미니 생수를 추천한다. 핸드백에 쏙 넣고 다니기에 무겁지도 않고, 왠지 모르게 피부가 좋아지는 느낌은 덤이다!

그때의 나처럼 쫓기는 일상을 보내고 있을 여러분에게 도움이 되길 바라는 마음으로 이 글을 썼다. 눈치챘겠지만 이 외출 준비물이라는 건 주변에서 쉽게 접할 수 있는 물건들로 구성되어 있다. 내가 나의 공황 패턴을 고려해 나의 준비물 목록을 만들었듯, 여러분도 자신의 증상을 고려한 준비물 목록을 만들어보길 권한다. 공황장애 환자가 안심하고 외출하는 데 엄청난 준비가 필요한 건 아니다. 부디 문밖을 나서는 걸 두려워 말자.

◇◇◇

지금은 다른 곳으로 이직한 회사 동료의 SNS를 보다가 숨이 멎을 만큼 놀랐다. 사유는 이렇다. 출근하던 중갑자기 회사 건물의 엘리베이터가 멈췄다는 거다. 곧 불도 꺼져서 실내가 온통 새까매졌는데 인터넷도 잘 잡히지 않아 한동안 어둠 속에서 두려움에 떨었다고 했다. 한참을 기다린 끝에 복구가 끝나 사무실에 무사히 도착했는데, 그가 엘리베이터 안에서 동료에게 보냈던 "살려주세요"라는 문자가 하루 종일 우스갯소리로 회자되었다는 내용이었다.

문득 그런 생각이 들었다. 외출 준비물이 없이도 완벽하게 공황에 대비할 수 있는 방법은 없을까? 나의 준비물은 죄다 가방에 있는데, 가방을 매지 않은 채 점심을 먹으러 나갔다가 엘리베이터에 갇히기라도 한다면? 평범한 사람에게도 두려울 상황이 공황과 함께하는 나 같은 사람에겐 얼마나 큰 공포로 다가올지는 설명하지 않아도 뻔한 일이다. 준비물 없이도 공황을 다룰 수 있는 보다 확실한 무기가 필요했다.

주치의는 공황 상황에서 '호흡'의 중요성을 여러 번 강조해왔다. 신체가 위기 상황을 감지해 생체리듬이 갑작스레 항진되더라도, 호흡만 일정하게 유지되면 다시 일정한 리듬으로 돌아가는 원리 때문이다. 생각해보면 공황이 올 때마다 내 호흡이 평소와 다르다는 느낌을 자주 받았다. 분명 평소보다 더 얕은 호흡을 짧고 빠르게 이어가곤 했다. 나중에 알았지만 이것은 전형적인 흥식호흡으로 긴장이나 불안감을 떨어뜨리는 데에는 전혀 도움이 되지 않는 호흡법이었다.

일반적으로 공황 증상에는 복식호흡이 도움이 된다고 알려져 있다. 그러나 반드시 그 방법을 완벽히 숙지하지 않아도 단지 호흡을 깊고 일정하게 만들려는 노력만으로도 충분히 증상을 완화시킬 수 있었다.

먼저 어깨를 똑바로 펴고 편안한 자세를 취해본다. 그다음 아주 천천히 깊게 숨을 들이마신다. 이때 속으로 1에서 5까지 천천히 숫자를 세었다가 잠시 멈춘 다음 숨을 내쉰다. 호흡이 깊고 편안해진다는 느낌이 들 때까지 몇 번이고 이 과정을 반복한다. 명심할 것은 세 가지다. 등을 펴고 호흡을 깊게 규칙적으로 하는 것, 그뿐이다.

내가 오랜 시간을 거쳐 깨달은 이 사실을 이토록 강조하는 이유는 단 하나다. 만일 공황 증상이 왔는데 아무런 준비 없이 달랑 몸뚱이뿐인 상황이거나 극도의 불안한 상황에 놓이게 되더라도 겁먹을 필요가 없다는 것을 알려주고 싶어서다. 그럴 때 활용할 수 있는 '호흡'이라는 고마운 무기를 발견했을 때 나는 얼마나 기뻤는지 모른다.

단지 불규칙을 규칙으로 바꾸는 노력만으로도 우리는 편안함을 느낄 수 있고, 호흡이라는 가장 가까운 무기가 있기에 공황에서 벗어날 수 있다. 호흡은 우리가 살아 숨 쉬는 한 지속되는 것이기에 언제 어디서든 우리를 도와줄 것이다. 그러니 이제 겁먹지 말고 엘리베이터를 타볼까?

주먹을 꽉 쥐었다가

서서히 풀면 생기는 일

◇ ◇ ◇

공황 증상이 왔을 때 즉각적으로 해볼 수 있는 방법을 한 가지 더 소개해보고자 한다. 이 방법은 공황장애 환자들에게 종종 추천되는 '점진적 근육 이완법'의 간단 버전으로, 꼭 공황 증상이 아니더라도 불안하거나 긴장한 상태에서도 효과적이다.

점진적 근육 이완법이란 말 그대로 신체 근육의 긴장 상태를 이완 상태로 바꾸는 훈련이다. 쉽게 말해 심리적으로 불안해지면 근육도 긴장하게 되는데, 이때 긴장한 근육을 이완시켜주면 불안감을 감소시킬 수 있다는 원리다. 주치의는 내게 이 방법을 가르쳐주면서 평소에도 불안하거나 긴장될 때 연습해볼 것을 권해주었다.

근육을 이완시키는 방법은 무척 간단하다.

① 10초 동안 양손을 힘껏 꽉 쥐어본다. (꽉!!! 정말 꽉!!! 말이다.)

② 잠시 숨을 참고 속으로 1부터 10까지 숫자를 세어본다.

③ 숨을 내쉬면서 꽉 쥐었던 양손을 서서히 풀어준다.

④ 양손이 풀어질 때 밀려오는 편안함을 느껴본다.

　(나의 경우 속으로 '편안하다'는 생각을 한다.)

⑤ 위 과정을 반복하면서 긴장이 풀어질 때의 해방감

　과 편안함을 반복해서 느껴본다.

관련된 자료를 좀 더 찾아보니 점진적 근육 이완법을 제대로 하기 위해서는 방해받지 않는 조용한 장소를 선택해 신체를 열여섯 개의 근육으로 나누어 연습해야 하는 것 같았다. 양손뿐 아니라 팔, 다리와 같은 특정 근육을 번갈아 이완시키는 훈련을 하는 것이다. 그런데 실제로 공황 상황에서는 조용한 장소를 찾는 것도, 신체를 나누는 등 복잡한 방법을 기억해내는 것도 어렵기 때문에, 나는 주치의가 가르쳐준 약식 버전을 더 추천하고 싶다. 공황에 빠진 우리에게 중요한 건 원칙과 순서를 지키는 게 아니라 그저 내 몸이 전보다 편안해지는 걸 느끼는 거니까.

꽉 조이는 청바지를 입고 밥을 먹다가 남몰래 앞 단추를 한 칸 풀었을 때의 후련한 느낌을 기억하는가? 아주 잠깐이지만 내 몸을 억압하던 답답한 느낌 대신 해방감이 온몸으로 퍼져 나가 숨통이 트인다. 점진적 근육 이완법의 핵심은 이와 같은 느낌을 반복적으로 경험하면서 몸 전체를 편안하게 만드는 데 있다.

요즘 나는 이유 없이 가슴이 답답하거나 출퇴근길에 내가 탄 버스나 지하철 안으로 마구 밀려드는 사람들을 보며 불안해질 때, 또는 회사에서 중요한 일을 앞두고 긴장될 때에도 이 방법을 통해 마음을 다스리곤 한다. 그저 가만히 양 주먹을 꽉 쥐었다 풀었다를 반복하면 되니, 이얼마나 간단하고 효과적인 방법인가! 꼭 공황 때문이 아니더라도 나처럼 자주 긴장하거나 불안을 느끼는 사람들에게 주먹을 있는 힘껏 쥐었다 풀어보라고 권하고 싶다. 힘을 줄 때 손목 마디마디에 느껴지던 아픔이 한순간 편안하게 풀어지는 그 찰나의 느낌에 집중하다 보면 어느 순간 편안해진 자신을 발견하게 될 것이다.

곧 공황발작이

있을 예정입니다

237

✧ ✧ ✧

공황으로부터 도망치지 않기로 결심한 순간이 있었다. 그리고 그런 결심을 하고 나자 서서히 공황을 대하는 나의 방식에도 변화가 생겼다. 나는 증상이 있을 때마다 그것이 다가오는 패턴을 관찰하기 시작했다. 그러자 매번 유사한 조짐이 있다는 걸 알게 되었다. 쉽게 말해 곧 내게 공황이 나타날 것을 예측할 수 있게 된 것이다. 이게 얼마나 대단한 일이냐 하면, 본래 공황발작이란 아무런 전조 증상 없이 갑작스레 나타나는 것이 특징이라서 단지 이것을 미리 눈치챌 수 있다는 사실만으로도 내게 유리한 상황으로 바뀐 듯했다.

나의 경우 증상이 있기 전 어김없이 찾아오는 묘한 긴장감 같은 게 있었다. 마치 공포 영화를 보다가 무서운 장면이 나오기 직전 깔리는 소름 끼치는 BGM을 들을 때와 같았다. 거대한 공포가 서서히 다가오는 끔찍한 느낌.

전엔 이런 긴장감을 감지할 때면 지레 겁을 먹고 잔뜩 웅크리거나 어떻게든 재빨리 그 상황을 빠져나갈 궁리를 하기에 급급했다면, 도망치지 않기로 결심한 후부터는 그와 반대가 되었다. 오히려 정신을 바짝 차리고 담 담하게 '곧 공황이 오겠구나'라고 생각하며 그것을 다룰 준비를 하기 시작했다. 신기하게도 그렇게 내 마음이 준비를 마치고 나면, 공황은 더는 다가오지 않고 사라지거나 잠시 스쳐 지나가버렸다.

공황이 다가오고 있다는 걸 알아챘을 때 할 수 있는 또 하나의 좋은 방법은 그것을 완전히 무시하는 거다. 커지는 두려움 때문에 아무것도 할 수 없는 상태라면 나는 이 방법을 더 추천하고 싶다. 마치 보고 싶은 프로그램을 찾기 위해 채널을 이리저리 돌리는 것처럼 다가오는 공황 대신 다른 데 신경을 집중하는 거다. 명상을 한다거나 생각만 해도 기분 좋은 여러 가지 일들을 떠올리는 식으로. 나는 이것을 '마음의 채널 돌리기'라고 부른다.

TV를 보다가 보고 싶지 않은 프로그램이 나올 땐 언제든 채널을 돌릴 수 있는 것처럼 우리는 모든 순간 마음의 채널을 다른 곳으로 돌릴 수 있다. 나의 시선과 감각을 다가오는 공포의 그림자가 아닌 '내 마음'에 집중하고, 앞서 설명한 나름의 방법들을 통해 마음의 평온을 유지하는 데 힘쓰다 보면 공황도 그 어떤 두려움의 그림자도 더 이상 가까이 오지 못하고 사라질 것이다.

오늘도 내 안 어딘가에 자리하고 있을 공황을 생각하면 차마 이 상황이 즐겁다고 말할 순 없지만, 공황을 만난 덕분에 이것을 다스릴 수 있는 사람이 된 것만은 부정할 수 없는 사실이다. 그런 생각을 하면 마음이 한결 가벼워진다.

살면서 큰 병을 앓았던 적은 없지만 나는 이런저런 잔병치레가 잦은 타입이다. 매달 거르지 않는 생리통과 배란통, 계절이 바뀔 때마다 찾아오는 알레르기 증상도 모자라 찬바람이 불면 감기와의 전쟁이 시작된다. 30대에 들어선 후론 방광염과 역류성식도염이 추가되었다. 그나마 이런 병들은 약도 있고 언젠가 좋아지고야 마니 기약 없는 공황장애에 비하면 애교다.

이렇듯 좀 골골대는 타입이다 보니 어딘가 좋지 않다고 느껴지면 의식적으로 하는 나만의 습관이 있다. 바로 인터넷으로 '○○에 좋은 음식'을 찾아 사 먹는 것이다.

그런데 이상했다. 방광염엔 크랜베리 주스, 역류성식도염엔 양배추즙처럼 각 질병마다 좋다는 음식이 꼭 하나둘 씩 있기 마련인데, 공황장애에 좋은 음식은 아무리 검색해도 찾을 수 없었다. 나는 그것을 메모해두었다가

다음 진료를 받을 때 선생님에게 질문했다.

"선생님, 공황 증상에 도움이 되는 음식이 있을까요?"

"음식이요?"

"네. 아무리 찾아도 안 나오더라고요. 음식을 알려주셔도 좋고, 음식이 없다면 '비타민C', '오메가3'처럼 특정 영양소를 콕 집어서 알려주세요."

어쩌면 호기심 가득한 내 성격은 공황 극복을 위해 세팅된 신의 한수였는지도 모르겠다. 예상치 못한 질문에 선생님은 잠시 고민하는가 싶더니 곧 알 수 없는 미소를 지으며 이렇게 말씀하셨다.

"좀 미신 같은 거긴 한데요. 어쩌면 상추가 도움이 될수도 있겠어요."

사실 그 말을 듣고는 어딘가 김이 새는 느낌이 들었다. 이 세상에 몸에 좋다는 음식이 얼마나 많은데 고작 상추라니. 상추라면 집 근처 텃밭이나 마트에서도 쉽게 구할 수 있는 흔한 채소 아닌가. 어쩌면 공황에 도움이 되는 음식 따윈 없을지도 모른다는 의심이 확신으로 변해가는 순간이었다. 그런데 주치의는 농담이 아니라는 듯 눈을 더욱 동그랗게 뜨고 말했다. 상추가 공황장애에 도움이 된다는 연구 결과는 없지만(그 어떤 음식도 공황장애와의 직접적인 상관관계가 밝혀지진 않았다고 했다), 상추 안에 있는 '어떤 성분'이 공황 증상으로 불안한 마음에 도움을 줄 수 있을 것 같다고 말이다.

흔히 상추를 먹으면 잠이 쏟아진다고 하는 건 상추에 포함된 멜라토닌(melatonin)이라는 수면 유도 성분 때문이다. 그런데 이 멜라토닌 외에도 상추 속에 있는 락투카리움(lactucarium)이라는 성분은 신경안정이나 스트레스 완화에 효과가 있고, 행복감이나 온화한 감각을 촉진하는 것으로 보고된 바가 있다. 그러니 상추를 먹으면 마음이 안정돼 불안감을 줄이는 데 도움을 줄 수도 있다는 선생님의 부연 설명은 상당히 논리적으로 들릴 수밖에.

그날 이후 나는 낮 동안 공황 증상을 겪었거나 평소보다 불안감이 컸다는 생각이 들면 저녁 메뉴로 상추를 떠올리게 됐다. 주로 상추와 고기의 조화를 선호하지만, 상추를 듬뿍 넣은 홈메이드 샐러드도 즐기곤 한다. (상추 샐러드엔 새콤달콤한 파인애플 드레싱이 꽤 잘 어울린다.)

정말로 상추가 공황 증상이나 불안한 마음에 효과가

있는지는 잘 모르겠다. 다만 상추에 들어 있는 어떤 '좋은 성분'이 마음을 편하게 만들어주고 불안감을 해소하는 데 도움을 줄 거라는 믿음이 좋다. 적어도 이걸 먹고 자면 지금보다 더 나빠지지는 않을 거라는 긍정적인 생각이 든다. 신선한 상추에 큼지막한 고기를 싸서 한입 가득 밀어 넣을 때마다 속으로 이렇게 생각한다. '이걸 먹고 나면 난 더 좋아질 거야'라고.

그런 의미에서 오늘 저녁은 삼겹살에 상추쌈이다!

하루는 진료가 끝나고 돌아오는 길에 조금 전 진료실에서 나눈 대화가 잘 기억나지 않는다는 사실을 깨달았다. 그날은 유독 예기불안이 심했던 날이었다. 나는 그런 날이면 작은 일에도 집중하는 게 힘이 들었고, 불안한 마음이 들어 누군가에게 쫓기듯 자주 주변을 두리번거렸다.

'분명 약 복용과 관련된 어떤 중요한 설명을 들었던 것 같은데….'

불안감 때문에 선생님과의 대화에 집중하지 못했던 탓이었다. 결국 퇴근 후 한 번 더 병원에 방문해서 내용을 재확인하는 수고를 겪어야만 했다.

그날 이후 나는 의식적으로 기록하는 습관을 들이기 시작했다. 우선 언젠가 판촉물로 받았던 손바닥만 한 수첩을 꺼내 나만의 진료 노트를 만들었다. 처음엔 그날그날 진료 내용을 소상히 기록하는 용도로만 사용할 생각이었다. 그런데 항상 지니고 다니면서 궁금하거나 확인 해야 할 내용이 떠오를 때 후다닥 꺼내서 메모하고, 그렇게 메모한 내용을 다음 번 진료 시간에 잊지 않고 질문할 수 있어서 유용했다. 시간이 지나면서 진료 내용 외에도 스스로 체감하는 증상의 변화도 함께 기록하기 시작했다. 마치 일기를 쓰는 것처럼 말이다.

진료 노트에 무언가를 기록하는 일은 시간과 노력이 필요하지만 여러 가지 장점이 있었다. 시간이 지나도 진료받은 내용을 기억할 수 있고, 자칫 잊고 넘어갈 뻔했던 중요한 부분들을 상기하게 된다는 점이었다. 나의 경우 인지행동치료는 어렵지만 중요하다고 생각되어 몇 번이고 복습하며 되짚어보았다. 나는 이 진료 노트 덕분에 내 공황의 패턴을 알게 돼 다루는 법을 빨리 익힐 수 있었고, 그것은 공황을 극복하는 데 큰 힘이 되었다. 노트에 기록한 모든 것들은 이 책을 집필하는 데도 큰 도움이 되었다.

진료 노트에 일상 속 생각과 느낌을 더하기 시작하면서 나는 '쓰기'라는 새로운 영역에 본격적으로 발을 들였다. 그림 에세이를 출간한 경험이 있지만 주로 그림을 통해 생각을 표현하는 작업에 익숙했던 나는 글쓰기의 매력에 완전히 빠지고 말았다.

글쓰기는 공황 상황에서 느끼는 감정과 생각을 정리하는 좋은 습관이었다. 증상을 겪을 때마다 나는 그것이 어떤 상황이었는지, 머릿속엔 어떤 생각이 들었으며 어떤 느낌을 받았는지를 솔직하게 써내려갔다. 그리고 그렇게 쓰는 행위만으로도 상황에 대한 객관적인 시각을 갖게 되었다. 더불어 복잡했던 일들이 정리되고 감정이 해소되는 후련한 경험을 하기 시작했다.

글을 쓰는 일은 공황 증상뿐 아니라 나라는 사람을 둘러싼 과거와 현재의 일들까지 한 방향으로 정렬하는 역할을 했다. 특히 내가 어떤 사람인지, 주로 어떤 부분에 마음을 쓰고 무엇을 두려워하는지를 구체적으로 알 수 있었다. 글을 쓰는 동안 그동안 알지 못했던 내면의 상처를 발견하기도 하고, 평소 내가 가진 취약한 부분을 알아채 이를 새로운 시각으로 바라보기도 하면서, 나는 확실히 전보다 단단해진 내면과 마주할 수 있었다. 장담컨데 만일 글을 쓰지 않았더라면 나는 더 오래 아팠을 것이다.

나는 어떤 이유로든 마음이 힘든 분들에게 글쓰기를 권하고 싶다. 어떤 정해진 형식을 갖추지 않아도, 멋진 문장을 구사하려 노력하지 않아도 된다. 그저 떠오르는 생각과 느낌을 뱉어내듯 써내려가는 것만으로도 마음은 위로를 받고, 단단했던 상처가 말랑말랑해지는 경험을 하게 될 것이다. 글쓰기는 아픔을 치유하는 최고의 방법이다.

그러니 지금 바로 예쁘고 휴대가 편한 수첩을 준비해보자. 종이에 무언가를 쓰는 것이 번거롭게 느껴진다면 휴대폰에 있는 메모 앱을 사용해도 좋다. 복잡하게 얽혀 있는 머릿속 생각을 꺼내보고 또 조용히 읽어보는 것만으로도 미처 몰랐던 나와 마주하게 될 것이다. 글쓰기는 어찌 보면 나 자신과 나누는 대화다. 자신과의 대화를 통해 몸과 마음이 건강해지는 귀한 경험을 여러분도 꼭 해보길 바란다.

Part 6

덕분에
균형 잡고
살아갑니다

누군가를 있는 힘껏
미워하고 있나요?

누군가를 미워하는 일

◇ ◇ ◇

153센티미터. 엄마는 항상 자신을 '모나미'라고 했다. 모나미 볼펜에 적힌 숫자 '153'과 본인의 키가 같아서다. 작은 키에 평범한 외모인 엄마와 달리 아빠는 키도 크고 훈남이었다. 잘생긴 외모뿐 아니라 익살스러운 성격 탓에 아빠는 어딜 가나 인기가 많았다. 그런데 인기가 많아도 너무 많았던 것 같다. 엄마는 아빠를 '천하의 바람둥이'라고 불렀다.

내가 중학교에 입학할 즈음에 부모님은 이혼을 했다. 엄마의 요구에 의해서였다. 그 당시엔 이혼이 흔한 일은 아니었다. 물론 모든 집이 화목했던 것도 아니었지만, 가정의 평화를 위한다는 이유로 남편의 외도쯤은 눈감아주고 인내하는 것을 미덕이라 여기던 때였다. 한 사람이 일방적으로 모든 걸 희생해야 했던 그 시절에 난 그런 결정을 한 엄마가 정말 멋지다고 생각했다.

이혼 후 엄마는 전과 달리 눈코 뜰 새 없이 바빠졌다. 전업주부에서 이제는 생계를 책임진 가장이 되었으니 양어깨에 짊어진 삶의 무게가 오죽했을까. 돈을 벌기 위해 엄마는 밤낮으로 일을 했고, 우리의 생활도 많이 달라졌다. 가장 큰 변화는 더 이상 엄마가 해주는 밥을 먹을 수 없게 된 것이었다.

매일 저녁 늦게 퇴근한 엄마는 저녁밥 대신 스스로를 위로하는 소박한 술상을 차리는 일이 더 많았고, 우리는 소풍을 가는 날에도 도시락 대신 식탁에 올려진 단돈 몇 천 원으로 김밥과 간식을 해결하곤 했다. (난 그래서 소풍을 좋아하지 않았다.)

나와 두 여동생들은 이런 생활을 이해했다. 약간의 불편함은 있었지만 불만은 없었다. 처지를 비관하지 않고 하루하루 성실하게 사는 엄마처럼 우리도 각자의 자리에서 주어진 역할을 충실히 해낸 덕분에 밥벌이하는 어른으로 성장할 수 있었다.

미역국 한 그릇에서 시작된 미움

그런데 내가 결혼을 하고 나서는 상황이 조금 달라졌다. 엄마가 필요한 순간이 많이 생겼다. 특히 임신하고 입덧이 시작되면서부터 머릿속엔 온통 엄마 밥 생각뿐이었다. 기억에도 없는 엄마 밥을 찾는다는 게 좀 우스웠지만 사실이었다. 안타까운 건 나의 이런 상황과 상관없이 엄마는 여전히 바빴다는 것이다. 딸 셋을 다 키웠지만 이제는 본인의 노후 준비를 해야 하기에 엄마는 입덧하는 큰딸을 챙길 여력이 없었다. 친정집은 차로 겨우 15분 거리에 있었는데 들를 시간이 없다는 그 말이 자꾸만 핑계처럼 들렸다.

"끓여줄 시간은 없으니 미역국은 이 서방이 좀 해주게. 부탁하네."

출산한 나를 보러 온 엄마는 남편에게 이렇게 말을 하곤 식탁 위에 미역을 두고 갔다. 내심 엄마가 끓여준 미역국을 기대했던 나에게 엄마는 서운함을 넘어 점차 원망스러운 존재로 바뀌어갔다. 그렇게 신혼집 찬장에 오랫동안 놓여 있던 미역은 이사하면서 버려졌다.

나는 시어머니가 끓여주는 미역국을 먹으며 몸조리를 했다. 시어머니는 내가 친딸도 아닌데 매주 새로운 재료를 넣은 미역국을 끓여서 가져다주셨다. 그중 내가 제일 좋아했던 건 소고기 미역국. 한우의 양지 부위를 손으로 일일이 찢어 오랜 시간 푹 끓인 그 미역국은, 먹을 때마다 숟가락 끝으로 정성이 고스란히 전해지는 듯했다. 내가 기대했던 엄마의 손맛이란 이런 것일까?

시어머니의 미역국을 맛본 후 나는 본격적으로 엄마를 미워하기 시작했다. 늘 바쁘다며 핑계만 대는 엄마, 따스한 밥 한 끼 해줄 수 없는 엄마가 너무 미웠다.

"나한테 관심도 없으면서…. 앞으로 전화하지 마."

급기야 나는 안부 전화를 걸어온 엄마 가슴에 이런 말로 비수를 꽂고 말았다. 엄마는 연신 미안하다고 했다.

모진 말을 내뱉으면 후련할 줄 알았다. 엄마의 마음을 아프게 하는 데 성공했고 사과도 받았으니까. 그런데 왜 내 마음은 좀처럼 나아질 기미가 보이지 않는 걸까? 엄마를 향한 미움이 커질수록 내 마음은 왜 이토록 허전하고, 엄마를 미워할수록 더 큰 미움으로 가득 차는지 도무지 알 수가 없었다. 고작 미역국 한 그릇에서 시작된 미움이 내가 자라온 시간 모두를 부정하는 줄도 모르고. 아빠 없이도 행복했던 어린 시절의 추억을 잠식하는 줄도 모르고. 그렇게 내 마음을 더 아프게 하는 줄도 모르고. 그런 엄마를 생각하자 또다시 가슴이 두근대고 호흡이 가빠오기 시작했다. 공황 증상이었다.

내 마음을 지키기 위한 화해

"엄마, 이번 주말엔 뭐해?"

고민 끝에 먼저 메시지를 보냈다.

"집에 있지. 엄마 지난 달에 퇴직해서 이제 놀아."

엄마가 퇴직한 줄도 몰랐다. 무심한 딸, 나도 마찬가지다.

"그럼 놀러 갈게."

그렇게 엄마에게 화해를 청했다. 정확히 1년 만이었다. 이기적이지만 나를 위해, 더 정확히는 공황 증상이 두려워 결심한 화해였다. 그 주말엔 계획대로 엄마 집에 갔다. 여전히 엄마 밥을 먹진 못했지만(엄마는 요리하는 법을 완전히 까먹었다고 했다) 기회를 틈타 나란히 산책도 했다.

산책하는 동안 많은 이야기가 오가진 않았다. 그저 텃밭에 심은 고구마가 어쩌고 감자가 어쩌고 하는 사소한 근황을 전했을 뿐이었다. 그런데 그렇게 엄마의 손을 잡고 나란히 걷는 것만으로도 자연스레 마음속 응어리가 풀리는 것 같았다. 그간의 서운함도, 미움도, 부는 바람과 함께 멀리멀리 날려보냈다. 미워하는 것도 나 혼자였으니 화해도 나 혼자 하면 되는 거였다. 어렵진 않았다.

사람이 가진 여러 감정 중 '미움'만큼 치명적인 감정이 또 있을까? 한번 시작되면 금세 눈덩이처럼 커져서는 곧 애초에 미움을 시작하게 된 계기와 관계없는 것까지 미움의 대상이 되어버리고 만다. 미워하는 마음이 깊어질수록 점점 더 그 감정에 중독되는 것 같기도 하다. 마치 무언가에 꽂혀버린 것처럼 잊으려 해도 자꾸만 생각나니 말이다.

나는 이런 내 안의 미움을 바라보면서 언젠가 책에서 읽은 '썩은 사과의 법칙'을 떠올렸다. 사과 상자 안에 썩은 사과가 단 한 개라도 들어 있으면 주변의 사과를 상하게 만들고, 그것을 방치하면 상자 전체가 썩어버린다는 법칙 말이다. 혹시 미움도 썩은 사과 같아서 수시로 골라내지 않으면 마음 전체를 병들게 만드는 건 아닐까?

누군가를 미워하려거든 한 가지를 명심해야 한다. 미움이나 증오는 결국 내 안에서 벌어지는 일이다. 미워하는 일에 사로잡힌 마음은 피로가 쌓이고 어떤 식으로든 흠집이 나고야 만다. 누군가를 미워하면 결국 내 마음에 더 큰 상처가 남는다.

미움이 미움을 낳고, 그 미움이 마음을 좀먹는 이 지독한 사슬을 끊는 방법은 상대방과 영원히 이별하는 방법뿐일 것이다. 그런데 그것이 불가능하다면 차라리 눈을 딱 감고 화해를 해보자. 당장은 미운 사람과 화해하는 게 죽기보다 싫을 수 있지만, 그 화해가 상대방이 아닌 내 마음을 위해서라고 생각하면 조금은 덜 억울하지 않을까?

일상 속 악플에
대처하는 법

친한 동료가 회사에서 누군가가
내 험담을 하고 다닌다고 알려주었다.

나를 욕한다는 그 사람은 내가 입사할 때부터
끈질기게 나를 괴롭혔는데, 한번은 너무 힘이 들어
그에게 진지하게 물어본 적도 있었다.

내 딴엔 잘 지내고 싶어
힘들게 꺼낸 대화를 그는 조롱하듯 받아쳤고,
그날 이후 그는 한동안
나를 더욱 심하게 괴롭혔다.

그런 그가 여전히 나에 대한
험담을 하고 다닌다는 건 별로 놀랄 일도 아니었다.
문제는 그 이야기를 전해 들은 직후
또다시 공황 증상이 시작된 거였다.

예전 같았으면 펄펄 뛰며 화를 내거나
찾아가 따져 물었을 나지만, 오늘은 그러지 않았다.
그저 내가 하지 않은 일로 인해
내 마음이 다치지 않으면 좋겠다고 생각했다.

지금 내게 중요한 건
누군가 나를 험담하고 다닌다는 정보가 아니라
그저 내 기분을 평소와 같이 행복하게 유지하는 거니까.

나는 고민 끝에 내게 그 사실을 알려준 동료에게
앞으로는 그가 나를 험담하는 걸 들어도
내게 알려주지 않아도 된다고 솔직하게 말씀드렸다.

그의 말대로 그가
어떤 말을 뱉고 다닐지는 그의 자유인 것처럼
그 말을 들을지 말지 선택하는 건
나의 자유니까.

◇◇◇

　조용했던 사무실이 갑자기 웅성거렸다. 곳곳에서 "어머", "진짜?"와 같은 말소리가 들렸다. 무슨 일이 생겼나 싶어 어리둥절하던 찰나 휴대폰으로 비보가 전해졌다. 아이돌 출신 배우 설리의 사망 소식이었다. 항상 밝고 당당한 모습만 보여주던 그녀였기에 스스로 목숨을 끊었다는 언론 보도를 보고도 한동안 믿을 수 없었다.

　곧 그녀가 평소 악플로 괴로워했다는 기사가 쏟아져 나왔다. 정말 그것이 극단적 선택의 이유인지는 알 수 없지만, 기사에는 그녀가 지금껏 받아왔다는 악플이 고스란히 조명되어 있었다. 차마 입에 담을 수 없는 비난과 조롱의 말들. 나는 그녀의 죽음도 안타까웠지만 한 사람이자 어린 그녀에게 가해졌다는 지독한 악플들이 더 가슴 아팠다.

　그런데 연예인만 악플을 경험하는 건 아니다. 일상에서 맺는 수많은 관계 속에도 악플은 존재한다. 특히 직급에 따른 계층과 직책에 따른 위계가 존재하는 회사야말로 이러한 악플이 꽃 피울 수 있는 최적의 환경이라고 생각한다.

회사의 한 차장님은 유독 이런 악플을 잘 만들어내는 사람이었다. 그는 내가 임신 소식을 회사에 알린 다음날 보란 듯이 모든 업무에서 나를 배제시켰다. 그러고는 '일하기 싫다고 도망간 애'라는 소문을 여기저기 퍼트리고 다녔다. 육아휴직을 마치고 복직했을 땐 무려 '급여 담당자와 짜고 연봉을 뻥튀기한 애'라는 유언비어가 회사에 퍼져 있었다. 그저 급여를 담당하던 선배와 친하게 지냈을 뿐인데 나는 파렴치한 고액 연봉자가 되어 있었다. 회사에는 이런 악플이 생각보다 많다.

나는 '좋지 않은 의도를 가지고 누군가를 비방하는 모든 행위'를 모두 악플이라고 생각한다. 그리고 안타깝게도 그런 악플을 미연에 방지할 방법도, 딱히 해결할 방법도 없다. 애초에 누군가를 비난하고 깎아내릴 목적으로 행해지기 때문에 어설프게 오해를 풀기 위해 다가가는 것조차 그들에겐 또 다른 악플의 소재가 되어버리기 때문이다. 어떤 일이든 내 의도와 다르게 흘러가면 속이 상하기 마련이지만, 특히나 나에 관한 일들이 왜곡되어

퍼져가는 걸 지켜보는 마음은 억울해서 더 힘이 든다. 나는 그런 내 마음을 지켜주고 싶었다.

"염려해주셔서 감사해요. 그런데 앞으론 그분이 제 욕을 하는 걸 듣더라도 제게 알려주지 않으셨으면 좋겠어요. 그 얘기를 들으니 제 마음이 좀 힘이 드네요."

나는 더 이상 나에 관한 악플을 듣지 않기로 결정했다. 사실과 다른 말에 일일이 신경 쓰고 대응하는 게 얼마나 고된 일인지 알기 때문이다. 이야기를 전해준 동료는 이런 내 말에 조금 놀라며 앞으로는 절대로 전하지 않겠다고 했다. 그날 우리는 평소처럼 편의점에 가서 음료수를 사 먹으며 기분 좋은 이야기를 나누었다.

누가 나를 어떻게 생각하고 판단할지는 어차피 그 사람의 마음이다. 그 마음은 그들이 알아서 하게 놔두고 우리는 우리 마음을 지킬 방법을 찾자. 악플 때문에 슬퍼할 시간을 기분 좋은 일들로 가득 채우는 거다. "모르는 게 약"이라는 말처럼 눈을 질끈 감고 손으로 귀를 꼭 막는 것도 좋은 방법이 된다. 알아서 해결되지 않는 일이라면 오히려 모르는 게 마음은 더 편하다.

눈을 감고 귀를 막아도 마음이 너무 힘들다면 전문가의 도움을 받는 것도 주저하지 말자. 주치의는 내가 공황 초기에 곧바로 정신과의 문을 두드린 것이 증상을 빠르게 호전시키는 데 큰 역할을 했다고 말한 적이 있었다. 마음이 아프다면 진료와 상담이, 사회적인 피해라면 법률적 조언이 도움이 될 것이다.

내가 재미있게 봤던 JTBC 드라마 〈멜로가 체질〉에 이런 대사가 나온다.

"비판은 겸허하게 받아들여야겠지만, 악플은 다른 거예요. 패스하고 마음 상하지 말라는 거지. 그런 데다가 욕하는 사람들, 다 외로워서 그래."

악플로 시무룩해하는 드라마 작가에게 감독이 건넨 위로의 말이다. 이 대사에 크게 공감한 나는 메모장에 따로 적어두고 자주 꺼내어 보았다.

악플은 외로운 사람들이 만들어내는 소음일 뿐이다. 더 이상 우리의 소중한 일상을 이런 소음으로 채우지 않았으면 좋겠다. 그래도 신경 쓰인다면 이렇게 한번 생각해보면 어떨까? 누가 이유 없이 나를 욕하는 건 내가 너무 귀여운 탓이라고 말이다.

상처 입은 열네 살의
나를 다독이다

그림 잘 그리는 가난한 아이

중학교때 나는 반에서 평범한 아이였다. 중간 즈음의
성적에 특별히 인기가 많지도 않았다. 아직도 친하게 지
내는 중학교 친구들 몇몇에게 물어보니 그때의 나를 '활
발했던 푼수'로 기억한다고 한다. 그래, 성격만큼은 밝고
명랑했나 보다. 그런 내게도 남들보다 잘하는 것이 한 가
지 있었다. 바로 그림이다. 나는 그림을 잘 그리는 아이
였다. 미술 시간만 되면 나는 물 만난 고기처럼 생기가
돌았고, 친구들은 내가 그림 그리는 모습을 신기하게 쳐
다보곤 했다.

"미술 특기생이 돼볼 생각 없니?"

한번은 미술 선생님이 나를 교무실로 부르셨다. 그러
고는 미술학원에 다니고 있는지를 물어보면서 미술 특
기생이 되어 어떤 대회를 준비해보자고 하셨다. 미술학

원에 다니지 않는다고 하자 그럼 방과 후에 직접 그림을 가르쳐주겠다고 했다. 나는 그림을 배울 수 있고, 본인은 실적을 쌓을 수 있으니 서로에게 좋은 일이라며 말이다. 나는 그림 실력을 인정받았다는 사실도 좋았지만, 그보다 공짜로 그림을 배울 수 있다는 게 큰 행운처럼 느껴졌다. 당시 집안 형편이 좋지 않아 미술학원에 다니는 건 꿈도 꾸지 못하는 일이었기 때문이다.

그런데 방과 후 미술 수업은 생각과는 좀 달랐다. 선생님은 내게 머리가 곱슬인 석고상을 그리게 했는데, 넓은 미술실에 나를 혼자 두고는 두 시간이 훌쩍 넘도록 나타나지 않았다. 분명 내게 그림을 가르쳐준다고 했는데 어떤 가이드나 지침도 없었다. 한참 후에 음식 냄새를 풍기며 나타난 그녀는 내 스케치북을 대충 훑어보더니 부모님을 설득해 미술학원에 등록할 것을 강요하기 시작했다. 차마 엄마에게 그 말을 할 수 있는 상황이 아니었기에 나는 그만두겠다고 말하고 미술실을 나왔다.

비록 어린 나이였지만 나는 미술 선생님의 의도를 쉽게 알아챌 수 있었다. 그림을 가르쳐줄 생각은 애초부터 없었고, 그저 소질이 좀 있어 보이는 아이를 골라 미술학

원에 다니게 해서 본인의 실적을 채우려 한다는 것을. 그
날 나는 왠지 모를 상실감에 빠져 집까지 한참을 걸어오
면서 나름의 결론을 내렸다. 간절히 원해도 경제적인 뒷
받침이 없이는 얻을 수 없다는 것을 말이다.

그림 못 그리는 부자 아이

그 일이 있고 얼마 지나지 않아 같은 반 친구가 쉬는
시간에 나를 잠깐 보자고 했다. 그 애는 공부도 잘하고
집도 부자인 '엄친딸'이었다. 갑자기 내게 말을 걸어온 그
애는 대뜸 미술학원에 함께 다니지 않겠냐고 물었다. 내
기억에 그 애는 그림을 잘 못 그렸다.

"너 원래 그림 그리는 거 좋아했어?"라고 내가 묻자
그건 아니라고 했다. 그리고 뒤이어 하는 말이 꽤나 충격
적이었는데, 엄마가 예고에 가라고 했는데 그나마 그림
이 가장 쉬워 보인다는 것이었다.

"입시 미술 1년만 하면 예고에 갈 수 있대. 저번에 보
니 너 그림 잘 그리던데 우리 같이 학원 다녀서 예고에
가자."

지금 생각해보면 어쩌면 라이벌이 될 수도 있었던 내

게 이런 제안을 해준 것 자체가 고마운 일이지만, 나는 그 말을 듣자마자 완전히 삐뚤어져버렸다. 나는 절대 가질 수 없는 걸 누군가는 이렇게 쉽게 얻을 수 있는 상황에, 열정이나 실력과는 상관없는 현실에 화가 났다. 그래서 이렇게 대답해버렸다.

"나 사실 그림 그리는 거 싫어해."

자존심을 지키기 위한 내 나름의 방법이었다. 그 친구의 앞에서 어떻게든 아쉽고 억울한 마음을 숨겨야만 했다. 학원비, 재료비, 예고 입학금과 등록금. 자꾸만 두드려지는 머릿속 계산기를 그만 끄고 싶었다.

이 일련의 사건들로 인해 나는 내가 무엇을 좋아하고 소질이 있는지를 알게 됐지만, 내가 처한 환경에서는 포기해야 한다는 사실을 재확인했다. 가난하면 꿈조차 꿀 수 없는 게 분명했다. 망연자실한 사춘기 소녀는 한동안 참담한 마음에 사로잡혔고, 그날 느꼈던 상실감에서 빠져나오는 데 꽤 긴 시간이 걸렸다.

가난하지 않은 어른이 되고 싶어서

그날 이후 나는 그림에 대한 꿈을 완전히 접고 두 번

다시 생각하지 않기로 했다. 그 대신 새로운 깨달음을 얻었다. 하고 싶은 일을 하기 위해서는 가난에서 벗어나야 한다는 것과 훗날 내가 좋은 직업을 가지면 자식에게도 여유가 생긴다는 것.

고등학교에 진학하면서부터는 공부도 꽤 열심히 했다. 부모님은 내가 대학에 진학하지 않고 집 근처에 있는 작은 부품 공장에 취직해 돈을 벌길 원하셨다. 성적이 나쁘면 정말로 그렇게 해야 할 것 같은 위기감에 나는 기를 쓰고 공부했다. 부모님의 반대를 무릅쓰고 공부한 나는 보란 듯이 서울에 있는 국립 4년제 대학교의 합격증을 내밀었고, 부모님은 그제야 공장 이야기를 멈추셨다.

나는 대학 생활 내내 등록금과 생활비를 마련하느라 낮에 일하고 밤에 수업을 들으며 겨우겨우 졸업했다. 남들에겐 대학 생활이 캠퍼스의 낭만으로 기억되겠지만, 내겐 가난에서 벗어나기 위해 할 수 있는 유일한 일을 했던 그저 피곤했던 시간이었다. 나는 열심히 살지 않는 것이 오히려 힘이 들었다.

위기가 운명을 결정한다는 말에 동의한다. 어느 정도의 열등감이 개인을 성장시키는 데 도움을 준다고 믿는다. 그러므로 또다시 과거로 돌아가 열네 살의 상처받은 나와 마주한다 해도 나를 바꾸려 하지는 않을 것이다. 열심히 살지 말라거나 애쓰지 말라고 할 생각은 없다. 지금까지 열심히 살아온 덕분에 그토록 바라던 가난하지 않은 어른이 될 수 있었으니까. 마트에 가면 돈 걱정하지 않고 카트에 물건을 담고, 먹고 싶은 음식을 마음껏 사 먹고, 피곤한 날엔 대중교통 대신 택시를 타는 작은 사치도 부릴 수 있게 됐으니까. 열심히 산 대가로 지금의 여유를 누릴 수 있는 거라고 믿는다.

다만 내 안에 상실감도 열등감도 존재하고 있었음을 나는 최근에야 알았다. 나조차 인지하지 못했던 아주 오래된 상처 때문에 끊임없이 스스로를 채찍질하며 살았음을. 그저 가난하지 않은 어른이 되고 싶었을 뿐인데, 노력으로 이룰 수 있는 거라면 끈질기게 물고 늘어졌던 까닭에 지금껏 내딛어 온 발걸음은 단 한 번도 가벼운 적이 없었다.

나는 여전히 열심히 살지 않는 것이 두렵다. 열심히 살지 않으면 다시 가난해지고 그러면 또다시 원하는 것들을 포기하며 살아야 될 것만 같아서다. 무엇보다 내 딸이 어른이 되는 과정에서 가난 때문에 나와 같은 상처를 받지 않기를 바란다. 그러므로 앞으로도 나는 지금껏 그래왔듯 열심히 살아갈 거다. 다만 내 안에 존재하는 상처 입은 나를 자주 위로하며 살 생각이다. 더 나은 내가 되기 위한 채찍은 이제 멈추고, 애쓰고 고생한 내 마음을 두 팔 벌려 꼭 안아주고 싶다. 몸의 가난에서 벗어났으니 이제는 마음의 가난에서 벗어날 때다.

지금 우울한 것이
정상입니다

공황장애를 앓던 초기, 한동안 입맛이 없던 시기가 있었다. 나조차 신기할 정도로 먹는 것에 흥미를 잃어 끼니마다 밥 반 공기를 넘기는 것도 무척 힘이 들었다. 얼마 지나지 않아 회사 동료들이 다이어트를 하느냐고 묻기 시작했다. 몸무게를 재보니 정확히 4킬로그램이 빠져 있었다. 단기간에 빠진 4킬로그램은 금세 표가 났다. 그렇게 식욕을 잃은 것도 모자라 이유 없이 축 처지는 느낌과 영원히 이 공황에서 벗어나지 못할 거라는 부정적인 생각이 반복되었다. 현재를 비관하고 불행한 미래를 상상하는 것. 그렇게 난생 처음 '우울'이 찾아왔다.

"선생님, 아무래도 제가 우울한 것 같아요."
진료가 있던 날 가장 먼저 이 말을 꺼냈다.
"네, 안 그래도 우울 지수가 평소보다 높다는 말씀을

드리려던 참이었어요."

내가 우울한 것 같다고 하자 주치의는 별로 놀라지도 않았다. 심지어 자기가 지금 막 그 얘기를 하려던 참이라는 거다. (나는 매 진료를 시작하기 전 다양한 검사를 했는데 그중 우울증 검사도 있었다고 했다.) 공황도 모자라 우울이라니 순간 머리가 핑 도는 것 같았다.

"도대체 왜 이러는 거죠? 우울이라뇨….."

"괜찮아요, 세경 님. 지금은 충분히 우울하실 수 있어요."

그는 우선 우울증은 아니라고 확인해주었다. 다만 내가 평소보다 우울한 감정을 많이 느끼고 있는 건 사실이라고 했다. 이런 종류의 정신과적 질환을 처음 겪을 땐 누구나 자신의 내면을 깊이 들여다보려는 경향이 있기 때문에 우울감을 느낄 수 있는데, 전혀 염려할 일이 아니라는 거였다.

한 가지 의아한 부분이 있었다. 주치의는 지금 내가 '충분히' 우울할 수 있다는 표현을 썼는데, 이 말은 마치 우울한 것이 당연하고 정상이라는 말처럼 들렸다. 보통 우울은 좋지 않은 것, 당연하지 않은 것으로 여겨지는 대

표적인 부정적 감정이 아니던가? 그런 부정적인 감정을 당연하게 여긴다는 게 어딘가 모순처럼 느껴지고 잘 이해도 되지 않았다.

우리 안에 존재하는 다양한 감정들

그 주 주말엔 남편의 추천으로 영화 〈인사이드 아웃〉을 보았다. 평소 우리가 거부해온 부정적인 감정의 필요를 잘 설명해주는 영화였다. 주인공인 열한 살 라일리의 머릿속엔 감정을 지배하는 감정 컨트롤 본부가 있고, 그곳엔 '기쁨이', '슬픔이', '버럭이', '까칠이', '소심이'라는 다섯 가지 감정이 살고 있다는 재미있는 설정에서 영화는 시작한다.

라일리는 미네소타에서 태어나 하루하루를 즐겁게 보내는 해맑은 소녀다. 그러던 어느 날 부모님을 따라 갑작스레 낯선 도시로 이사를 오게 되고, 전과 다른 새로운 환경에 적응하는 데 어려움을 느낀다. 사실 라일리의 감정은 대부분 '기쁨이'에 의해 컨트롤되고 있었다. '기쁨이'는 이런 라일리의 기분을 좋게 만들기 위해 '슬픔이'를 멀리하려고 노력한다. 그러던 중 '슬픔이'의 실수로 라일리의 행복했던 기억이 슬픈 기억으로 변하게 되고, '기쁨이'와 '슬픔이'가 감정 컨트롤 본부를 이탈하자 라일리의 감정은 순식간에 엉망이 되고 만다.

고백하건데 남편이 우울해하는 내게 이 영화를 추천했을 때 나는 이런 애니메이션을 본다고 해서 기분이 나아질 리 없다고 확신했다. 그런데 영화를 다 보고 난 후 단지 기분 전환을 하라고 이 영화를 추천한 게 아니었음을 알게 되었다.

우리는 살면서 여러 가지 감정을 느끼고 배우며 산다. 그중 기쁨, 행복, 사랑과 같은 감정은 좋은 것으로, 우울, 슬픔, 불안, 분노와 같은 감정은 좋지 않은 것으로 여긴다. 그래서 이런 부정적인 감정이 찾아와 머물면 우리는 빨리 벗어나려고 한다. 영화 초반에 '기쁨이'가 '슬픔이'를 멀리하고 다가오지 못하게 막았던 것처럼, 어쩌면 우리는 행복하게 살기 위해선 늘 좋은 감정만 느껴야 한다는 강박에 사로잡혀 있는 게 아닐까?

영화는 힘든 순간을 치유하는 건 '기쁨이'가 아닌 '슬픔이'라 말한다. 이들은 라일리의 상상 속 친구 빙봉을 만나 함께 감정 컨트롤 본부로 돌아오기 위한 여정을 이어간다. 그러던 중 빙봉은 아끼던 로켓을 잃어버리고, '기쁨이'는 빙봉 옆에서 익살스러운 표정을 지어 보이며 애써 즐겁게 하려는 노력을 한다. "괜찮아, 잘 될 거야"라는 긍정적인 말과 함께.

하지만 망연자실한 빙봉은 꿈쩍도 하지 않았다. 바로 그때 '슬픔이'는 무거운 걸음으로 다가와 빙봉 곁에 자리를 잡는다. 그리고 느릿느릿 말을 이어 나갔다. "로켓이 사라져서 속상하지? 네가 사랑하는 걸 가져가다니. 그래, 슬픈 일이야"라고 말이다. 빙봉은 '슬픔이'의 말이 끝나기 무섭게 눈물 대신에 사탕을 뚝뚝 흘리며 울고는 거짓말처럼 기운을 차리고 일어섰다.

아이러니하게도 라일리를 치유한 건 '슬픔이'였다. 힘든 상황을 외면하고 억지로 괜찮은 척하는 게 아니라, 슬픔을 인정하고 밖으로 표출하고 나서야 슬픔이 해소된 것이다. 뿐만 아니라 가족과 친구들의 응원을 받았던 행복한 기억은 커다란 슬픔이 있었기에 가능했던 것이었다. 나는 영화를 보는 내내 우울이라는 감정을 거부하고 멀리하려 했던 나 자신을 돌아보며 반성했다.

영화를 통해 알게 된 사실이 또 있었다. 우울한 상황에서는 우울한 감정을 느끼는 게 아주 당연하다는 것이다. 생각해보면 잘 살고 있던 내가 어느 날 갑자기 공황장애 진단을 받았는데 우울하고 처지는 건 자연스러운 일이다. 오히려 이런 상황이 아무렇지 않은 듯 담담하거나 기쁘게 느껴진다면 그거야말로 심각한 문제 아닌가. 어떤 감정이라도 엉뚱한 상황에서 튀어나온다면(나의 공황처럼) 치료가 필요한 일이지만, 마땅한 때에 작동한다면 그것은 충분하고도 당연한 일이다.

원치 않는 감정에 사로잡혔을 때 빨리 벗어나는 방법이란 그 감정을 거부하지 않고 받아들이는 것이다. 그러기 위해선 먼저 내 안에 다양한 감정이 존재하고 있음을 인정해야 한다(라일리의 감정 컨트롤 본부처럼). 그다음 내가 처한 상황을 객관적으로 바라보고 감정을 수용하는 태도가 필요하다. '괜찮아, 잘 될 거야'라며 억지로 긍정적인 척하는 것보다는, 내 감정을 믿고 충분히 그럴 만하다고 생각할 때 우리는 비로소 감정으로부터 자유로워질 수 있다.

이 모든 사실을 깨닫고 나자 신기하게도 나를 힘들게

했던 우울한 감정은 어느 순간 사라져 완전히 없어져버렸다. 이후로도 나는 여전히 자주 불안했고 공황에 빠지기도 했지만, 두 번 다시 우울만큼은 찾아오지 않았다.

혹시 원치 않는 감정으로 힘든 시간을 보내고 있는 분이 있다면 영화 속 '기쁨이'의 대사 한마디를 나누고 싶다.

"아무 걱정 마. 내일도 기분 좋은 날이 될 수 있도록 만들어줄 테니까. 내가 약속할게."

흔히 최선을 다하면 성공한다고 믿는다. 마치 최선이 성공을 위한 유일한 방법인 것처럼 말이다. 그런데 최선이 아닌 '차선'이 성공의 비결이라는 사람을 만난 적이 있다. 그것도 두 명이나.

회사의 팀장들을 대상으로 리더십 교육을 준비하던 중이었다. 교육 내용을 협의하기 위해 강사와 티타임을 갖던 중 우연히 그가 나와 동갑임을 알게 되었다. 사회생활을 하다 보면 단지 나이가 같다는 이유만으로도 인생의 동기를 만난 것처럼 반가울 때가 있는데 그날이 그랬다. 우리는 이런저런 이야기를 나누며 금세 친해졌다.

"어떻게 하면 잘 나가는 강사가 될 수 있어요?"

그는 젊은 나이에 업계에 입소문이 난 커뮤니케이션 강사로 다수의 대기업과 공공기관에 출강하는 인기 강사였다. 교육 담당자인 나는 강사라는 직업으로 자리를 잡아 먹고 사는 비결이 궁금해 견딜 수가 없었다.

거창한 스토리를 기대했던 나는 그에게 뜻밖의 이야기를 들었다. 그의 꿈은 기자가 되는 것이었고, 열심히 공부해서 메인 방송국 보도국에 입사하는 데 성공했다고 한다. 하지만 기자 생활은 기대했던 것과는 많이 달랐고, 꾸역꾸역 1년을 버티다 결국 퇴사하고야 말았다. 그러고는 평생의 꿈이 물거품이 되었다는 상실감과 그간의 노력이 헛수고가 되었다는 생각에 한동안 무기력에 빠져 있었다고 했다. 그랬던 그가 강사가 된 건 아주 우연한 계기에서였다.

생활비를 벌기 위해 토익학원 아르바이트를 하던 중 직장인 수강생의 부탁으로 땜빵 강의를 하게 됐는데, 그 일이 현재 커리어의 시발점이 되었다는 것이다. 그는 강사라는 직업이 본인에게 잘 맞고 행복하다고 말했다.

"방송국에서 퇴사한 후엔 정말이지 눈앞이 캄캄했어요. 그런데 이제 와 생각해보면 어떤 보이지 않는 힘이 저를 이 자리로 이끌어준 건 아닌가 싶어요. 마치 운명처럼 말이죠."

자신의 성공 비결이 피나는 노력이 아닌 어떤 운명적

인 이끌림에 있다는 말을 그 당시 나는 쉽게 공감할 수 없었다.

그 일이 있고 얼마 후 회사의 어떤 팀장님으로부터 비슷한 이야기를 또 듣게 되었다. 그녀는 회사에 유입되는 고객 클레임을 해결하는 CS팀의 리더다. 업무 능력도 뛰어나지만, 서비스를 총괄하는 리더답게 누군가의 마음을 헤아리고 공감하는 능력이 탁월한 사람이었다. 나뿐 아니라 회사의 많은 후배들이 그녀를 멘토처럼 여기고 따랐다.

그런 그녀가 한때 지독한 경력 단절을 겪었다는 이야기를 듣고는 무척 의아했다. 실제로 그녀는 서비스와는 전혀 관련이 없는 식품영양학 분야의 재원이었다. 결혼 후 일을 그만둘 수밖에 없어 한동안 힘든 시간을 보냈다고 했다. 일에 대한 갈증이 최고에 달했던 어느 날 우연히 지금 회사의 채용 공고를 보았고, 육아 경험이 있는 식품 전공자를 찾는다는 말에 적극적으로 지원했다는 것이다. 비록 CS 업무는 생소하고 그간 해왔던 일과는 전혀 다른 분야였지만 어쩌면 이 일이야말로 자신을 위한 일일지 모른다는 운명적 느낌을 받았다고 했다.

"인생은 최선이 아닌 차선으로 채워질 수도 있는 것 같아요. 특히 사회생활을 하다 보면 간혹 목표로 했던 게 내 것이 될 수 없을 때가 있는데, 그럴 땐 차선책인 플랜 B로 다시 한 번 최선을 다하면 더 나은 결과를 얻게 되죠."

우리의 인생에는 최선만 존재하는 게 아니니 실패해도 실망할 이유가 없다고 말하는 그녀의 미소는 그날따라 유난히 편안하고 아름답게 보였다.

내겐 한때 피겨 여왕 김연아 선수에게 열광하던 시절이 있었다. 피겨스케이팅 불모지인 대한민국에서 태어나 전 세계를 감동시킨 그녀의 무대를 볼 때면 나도 모르게 가슴 한구석이 뜨거워지는 걸 느끼곤 했다. 당시 피겨스케이팅은 무척 생소한 스포츠였다. 그 정도의 뒷바라지를 하려면 형편이 넉넉한 집에서 자랐을 거라고 생각했던 내 예상과는 달리 그녀는 평범한 집에서 태어나 자수성가한 노력가였다. 그녀의 배경이 특별하지 않다는 사실을 알자 그녀의 성공이 더욱 가치 있게 보였다.

이처럼 우리는 노력으로 큰 업적을 달성한 사람들의 이야기를 자주 접한다. 나는 유독 그런 사람들을 볼 때마다 왠지 부끄러운 마음이 들어 자주 스스로를 돌아보곤 했다. 성공하기 위해서는 목표를 정해 최선의 노력을 다해야 한다고 다짐하면서 말이다. 그래서인지 나는 늘 최선을 다하고 있음을 증명하듯 살았던 것 같다.

그러나 항시 최선을 다하는 데에는 부작용이 있다. 우선 스스로가 자주 힘에 부친다. 힘이 들면 잠시 쉬었다 가면 되는데 맘 편히 쉴 수도 없다. 잠깐 쉬는 게 자칫 영원히 쉬는 게 될까 봐 두렵기 때문이다. 혹시라도 최선을 다한 결과가 원하지 않는 방향으로 흘러가게 될까 봐 가슴을 졸이면서 패배자가 되는 끔찍한 상상도 한다.

분명 지금도 충분히 노력하며 잘 살고 있는데도 노력 이상의 '노오력'을 강요하며 나아가는 발걸음은 항상 힘겨웠다는 것을 예전엔 미처 몰랐다. 나는 이것이 그동안 스스로에게 범해온 일종의 자기학대였음을 공황을 만난 후에야 알게 되었다. 어쩌면 공황은 더 이상 나 자신을 향한 채찍을 멈추라는 신호가 아니었을까?

요즘 나는 전처럼 모든 일에 최선을 다하지 않는다. 그동안은 운명을 스스로가 노력해 개척해나가는 것이라고 생각했다면, 어쩌면 운명이라는 건 정해져 있어서 별다른 노력 없이도 자연스럽게 흘러가는 것일지 모른다는 새로운 믿음이 생겼기 때문이다. 그래서 그런지 이젠 노력 없이도 찾아오는 운명적인 기회에 더 마음이 간다. 퇴근 후에 하는 글쓰기나 틈틈이 그리는 그림들이 그렇다.

생각해보면 회사의 일은 내게 오랫동안 동경해 노력해온 커리이었다. 하지만 그만큼 매번 최선을 다하느라 진이 빠지고 또 절실해서 자주 상처를 입었다. 이젠 그런 식의 상처는 그만 받고 싶다. 전처럼 승진과 보상에 연연하지 않고 적당히 최선을 다하는 요즘이야말로 당당하고 마음도 편하다.

최선의 노력으로 얻은 것에는 분명 그만큼의 가치가 있다. 하지만 충분히 노력을 했음에도 결과가 좋지 않다면 실망이나 좌절 대신 '내 길이 아닌가 보군' 하며 털어버리는 건 어떨까. 애초에 내 운명이 아니었다고 생각하면 덜 억울하지 않을까.

무작정 목표를 향해 돌진하기보다는 때로는 '될 대로

되라'며 사는 것도 나쁘지 않다. 그렇게 한결 마음이 편안해지고 나니 최선보다 나를 행복하게 해줄 차선책, 그러니까 '플랜 B'를 더 기대하고 바란다.

이 모든 건 최근 만난 두 사람에게서 공통적으로 발견한 성공의 비결이다.

행복이라는 거
특별한 게 아니었어

매일 아침 모닝커피로
하루를 시작하는 것,

출근길엔 좋아하는 노래를 들으며
빠르게 움직이는 창밖의 풍경을 감상하고

힘든 하루의 끝엔
마음 맞는 동료들과 시원한 맥주로
하루를 마무리하는 것,

그리고 집에 오는 길엔
버스에서 흘러나오는 라디오를 들으며
피식피식 웃어도 보는 것.

예전엔 참 당연했던 이 모든 일상의 일들이

지금은 하나같이 두렵고

어려운 것들이 되어버렸지만

그 덕분에 별 탈 없이 흘러가는

평범한 일상의 소중함과 진정한 행복의 의미를

깨닫게 된 요즘이다.

◇ ◇ ◇

선생님   세경 님, 혹시 커피 드시나요?

나   네, 하루에 두 잔 정도요.

선생님   당분간 커피는 안 드시는 게 좋습니다.

나   커피가 공황과 무슨 상관이 있는데요?

선생님   커피에 들어 있는 카페인이 교감신경을 활성화시키는 역할을 하는데요. 지금처럼 불안한 상태에서는 적은 양의 카페인으로도 공황 증상이 촉발될 수 있어요. 물론 카페인이 들어간 자양강장제도 마찬가지고요.

나   그럼 술은 괜찮을까요? 술을 즐기는 편이라….

선생님   술도 마찬가지예요. 많은 환자 분들이 공황이나 불안 증상이 있을 때 도피 행동으로 술을 드시기도 하는데요. 물론 일시적으로 불안감이 낮아지는 느낌을 받을 수 있지만, 그러다 보면 점차 술에 의지하게 돼서 나중엔 알코올 의존증이 될 수도 있어요.

누구나 그렇겠지만 내 것을 빼앗기면 기분이 상한다. 공황장애에 걸려 가장 괴로웠던 점도 바로 이거였다. 눈에 보이지도 않는 두려움에 평범했던 일상을 송두리째 빼앗긴 것도 모자라, 이제는 먹고 싶은 것도 맘대로 먹지 못하게 되어버린 것이다. 대한민국 직장인이 커피와 술을 끊고 도대체 어떻게 살 수 있는지, 그게 가능은 한 건지, 생각만으로도 목이 타들어가는 느낌이 들었다. 헛웃음이 났다.

실제로 커피 없는 일상에 적응하는 건 무척 힘든 일이었다. 솔직히 말해 커피는 그닥 맛있는 음료는 아니다. 다만 피로한 몸에 즉각적으로 활력을 불어넣어주는 익숙하고 자극적인 습관 같은 거였다. 사실 처음 몇 번은 참지 못하고 벌컥벌컥 커피를 들이켠 적도 있었다. 그리고 그럴 때마다 온몸을 감싸는 긴장감과 금방이라도 공황에 빠질 것 같은 커다란 심장소리에 갇혀 아무것도 할 수 없는 상태가 되곤 했다. 주치의가 말한 그대로였다. 커피를 마시고 난 후 예기불안을 몇 차례 겪고 나서야 커피를 멀리하게 되었다.

술을 마시지 못하는 건 더 힘이 들었다. 고된 하루를

마감하고 동료들과 술잔을 기울이는 건 직장인에게 흔한 위로의 방식이었다. 한 달에 한두 번씩 있는 팀 회식을 거절하는 일도 어렵긴 마찬가지였다. 몸이 안 좋다는 핑계로 한두 번 자리를 피하고 나니 혹시 임신이 아니냐는 오해까지 받았다. 차라리 그런 오해가 고맙게 느껴져서 애매하게 대답하고 그냥 두었다. 덕분에 한동안 팀 회식은 없었다.

시간이 지나면서 점차 커피와 술이 없는 일상에 적응했다. 우선 매일 아침 커피를 대신해 카페인이 없는 캐모마일 차를 마시기 시작했다. 처음 접해본 차의 맛과 향이 나쁘지 않았다. 티백을 5분 정도 우려서 한 모금 마실 때면 즉각적으로 온몸에 퍼지는 따스함이 좋았다. 커피처럼 각성 효과가 있는 건 아니지만 분명 하루를 편안하게 시작하게 해주는 방법이었다. 그동안 차를 마시는 사람들을 보면 속으로 고리타분하다는 생각을 하곤 했는데 그랬던 지난날이 부끄러워질 정도였다. 공황 증상이 없는 요즘도 나는 가끔 커피 대신 차를 마신다.

공황 증상이 호전되면서는 커피와 술을 적당히 즐기는 방법도 터득하게 됐다. 커피는 하루에 한 잔만 마시되

하루 중 컨디션이 가장 좋은 시간에 얼음은 가득, 샷은 절반만 넣어 천천히 마시고, 술을 마실 땐 좋은 사람들과 즐거운 마음으로 맥주 한 병을 넘기지 않는다. 전처럼 정신을 차리기 위해서 또는 스트레스 해소를 위해서 마시지는 않는다. 그렇게 몸과 마음이 즐겁고 편안한 상태에서는 카페인에도 증상이 나타나지 않았고, 과음하지 않고도 충분히 즐거운 시간을 보낼 수 있었다.

만일 공황장애에 걸리기 전으로 돌아가 누군가 내게 가장 행복했던 일이 무엇인지 묻는다면 나는 어떤 대답을 했을까 생각해봤다. 결혼이나 출산의 순간처럼 인생의 커다란 이벤트를 제외하면, 값비싼 선물, 두둑했던 보너스, 책을 출간해 작가가 된 순간처럼 분명 물질적인 풍요나 성취에 의한 기쁨을 먼저 떠올렸을 거다. 공황을 만나기 전의 나는 특별한 무언가를 손에 넣거나 새로운 것을 해냈을 때만 행복을 느끼는 사람이었으니까.

그렇다면 한바탕 공황을 앓고 난 지금의 나는 어떨까? 나조차 믿기지 않지만 다시 전처럼 커피와 술을 마실 수 있다는 사실만으로도 충분히 행복하다. 두려움 없이 커피 한잔을 마시고 아무런 걱정 없이 맥주잔을 부딪쳤을 뿐인데 자꾸만 감사한 마음이 들고, 퇴근길 창밖을 보면서 문득문득 행복한 기분에 사로잡히곤 한다. 이렇게 지극히 평범한 일에도 눈물이 핑 도는 건 그것을 잃어본 사람만이 느끼는 감정일 것이다. 공황을 만난 후 나는 평범한 일상 속에서 자주, 더 많이 행복을 느끼는 사람이 되었다. 어쩌면 공황은 내게 이런 행복을 알려주기 위해 찾아온 게 아닐까?

우리는 왜 모든 걸 잃고 난 후에야 소중함을 깨닫는 걸까? 아이러니하게도 공황장애에 걸리고 나서야 전보다 더 행복한 사람이 되었으니 공황을 만난 것이 그리 나쁜 일만은 아니라는 생각이 든다. 살면서 안 좋은 일을 만났을 때 비관하고 무너지기는 쉽지만, 그럼에도 아주 약간의 긍정적인 부분을 발견했다면 잠시 멈춰 서서 그런 부분에 집중해보는 건 어떨까? 비극이 희극으로 바뀌는 순간은 커피와 술처럼 아주 사소한 부분에 있고, 그렇게 조금씩 감사하는 일상을 살다 보면 자연스레 극복할 힘도 생기는 법이니까.

"무슨 일이야? 갑자기 왜 불렀대?"

동료들이 웅성대며 내 자리로 모여들었다. 나는 막 임원실에서 호출을 받고 불려 갔다 나온 참이었다. 출근 시간 전부터 나를 다급하게 찾았다는 그 임원은 입사한 지 얼마 안 된 신임 임원으로, 내가 속한 본부의 임원이 아니어서 딱히 나를 찾을 이유가 없는 사람이었다.

"그래서? 회의실은 구하셨어요?"

노크를 하고 임원실에 들어가기 무섭게 날카로운 질문이 들려왔다. 그제야 어렴풋이 떠오르는 사건이 있었다. 일주일 전쯤 교육 장소를 준비하면서 그가 예약해둔 회의실을 다른 곳으로 변경해줄 수 있는지 문의한 적이 있었다. 사내 회의실 중 교육용으로 사용할 수 있는 장소에는 한계가 있는데 하필 그 공간이 예약되어 있던 것이다. 나는 정중하게 사정을 설명하고 필요하시다면 다른 회의실을 예약해드리겠다며 협조를 요청했다.

그런데 돌아온 대답은 싸늘했다.

"싫은데요."

그 회의실을 써야만 하는 특별한 이유는 없는 것 같았다. 다만 자신이 먼저 예약을 했고, 다른 회의실들은 (넓어서, 좁아서, 밖이 보여서 같은 사소한 이유로) 마음에 들지 않는다는 식이었다. 그 임원의 태도는 처음부터 끝까지 신경질적이었는데, 내가 그동안 만나온 임원들과는 조금 달랐다. 결국 나는 회의실을 포기하고 그에게 방해가 되지 않도록 교육 시간을 줄이는 것으로 내부 조정을 했다.

그는 그날 일을 재차 따지기 위해 나를 부른 거였다. 들어보니 임원인 자신에게 일개 팀원이 회의실을 조정해달라고 요청한 것이 몹시 불쾌하고 분한 것 같았다.

"그쪽이 하는 교육보다 제 미팅이 더 중요한 거예요. 아셨어요?"

부들부들 떨면서 분노를 표출하는 모습을 보니, 아마도 지난 며칠간 그 일로 계속해서 심기가 불편했던 모양이었다. 나는 변명을 하는 대신에 "오해가 있던 것 같습니다. 부득이한 상황이라 부탁을 드리는 입장이었습니다. 불쾌하셨다면 죄송합니다"라며 즉시 사과의 말을 전했고, 임원실에서 쫓겨나듯 밖으로 나와야 했다.

사실 회사의 회의실은 먼저 예약한 사람이 우선권을 갖고 사용하는 게 맞다. 그러나 부득이한 경우 서로 양보하고 조율하며 사용하는 공용 사무 공간이기도 하다. 정중하게 사정을 설명하고 양해를 구하려 했던 나는 나의 일 처리 방식이 이렇게 아침부터 끌려가 혼날 만큼 잘못됐다는 생각은 들지 않았다. 고작 회의실 하나를 두고 벌어진 신임 임원의 갑질이었다. 누가 봐도 억울한 사람은 나였다.

이 같은 상황에서 예전의 나였다면 어떻게 행동했을까? 아마도 끝까지 할 말을 하고 잘잘못을 가리는 데 급급했을 것이다. 그러고는 잔뜩 언짢은 기분을 유지한 채 하루를 보냈겠지. 타인의 시선을 의식하고 원칙을 중시하는 완벽주의 성향을 가진 나는 사소한 일도 그냥 넘길 수 없고, 모든 일을 원하는 대로 컨트롤해야만 직성이 풀리는 사람이었으니까.

그런데 그날은 온종일 나의 마음이 이전과 달랐다. 기분이 상해야 마땅한 일인데 이상하리만큼 마음이 편안했다. 무례한 사람에게 고개 숙여 사과하고 나왔지만 딱히 억울한 감정도 들지 않았다. 나를 향한 비난을 태연하게 털어버리는 전과 다른 내 모습, 유쾌하지 않은 상황에 감정적으로 동요하지 않는 스스로의 모습이 무척이나 낯설게 느껴졌다. 나는 직감적으로 내가 공황을 앓기 전보다 정서적으로 더 나은 사람이 되었음을 알 수 있었다.

"마음을 편하게 가져보세요."
나는 아직도 처음 정신과 진료를 받던 날 주치의가 했던 말이 생각난다. 그는 공황장애는 마음의 병이니 마음을 편하게 가지면 분명 좋아질 거라고 했다. 마음을 편하게 가진다는 게 어떤 건지, 도대체 어떻게 해야 마음이 편해지는지는 잘 모르지만 나는 그 말을 믿고 주문처럼 외우곤 했다.
공황은 나에게 마음을 돌보며 살아야 하는 이유가 되었다. 어떤 일에 깊게 신경을 쓰거나 심리적으로 압박을 받으면 스트레스가 되고, 스트레스가 쌓이면 공황에 취약한 상태가 된다는 걸 이제는 안다. 평소에 마음을 돌보지 않으면 언제라도 다시 이런 고약한 병에 걸릴 수 있음을 실감한 나는 수시로 마음의 소리에 귀를 기울이고 마음의 안부를 묻게 되었다.

뿐만 아니라 나를 힘들게 했던 생각과 감정을 멀리하는 방법들을 찾게 되었다. 100점이 되어야 한다는 욕심이 들라 치면 조용히 '80점이어도 괜찮아'라고 다짐하고, 잘하고 싶은 마음에 스스로를 압박하는 대신 '하지 않아도 돼'라며 마음에 힘을 빼고 천천히 나아가는 것. 나를 향한 비난이나 악플에는 가만히 귀를 닫고 미웠던 사람에게 먼저 화해를 청한 것도 다름 아닌 내 마음을 위해서 한 일들이었다.

마음을 돌보는 것과 더불어 몸의 컨디션에도 관심이 간다. 생각해보면 처음 공황을 만났던 시기에 나는 쫓기는 듯 바쁜 일상을 살고 있었다. 워킹맘으로 일과 육아를 병행하는 것만으로도 힘이 들었지만, 밤늦게 출간 작업과 그림일기 연재까지 무리해 소화하다 보니 피로가 누적되었을 것이다. 그런 상태에서 심리적인 압박이 더해져 공황을 만났다.

요즘 나는 전처럼 밤을 새워가며 무언가를 하지 않는다. 쏟아지는 잠을 이기려고 차디찬 커피를 들이켜는 대신 하던 일을 덮고 잠자리에 드는 선택을 한다. 항상 충분할 만큼 잠을 자고 양질의 음식을 맛있게 먹으며 몸의 건강을 생각한다. 내가 내 몸을 혹사하면 어떤 일이 벌어지는지 누구보다 잘 알기 때문이다.

이처럼 나는 공황을 앓기 전보다 신체적으로도 정신적으로도 더욱 건강해졌다. 지금 내가 알고 실천하는 모든 것들은 공황을 만나기 전에는 결코 생각해본 적 없는 것들이었다. 놀랍게도 나를 그토록 괴롭게 했던 지독한 공황이 나를 더 성숙하고 건강한 사람으로 만들어주었다.

내가 가끔 읊조리는 유명한 기도문이 있다.

신이시여, 제가 변화시킬 수 없는 것은 받아들이는 평정심을, 변화시켜야 하는 것은 변화시키는 용기를, 그리고 이 둘을 구별할 줄 아는 지혜를 주소서. 하루의 순간을 한껏 살아가고 순간을 즐기며 고난은 평화에 이르는 길임을 받아들이게 하소서.

모든 일에는 원인이 있고 그것을 어떻게 해석할지는 자신의 선택과 노력에 달렸다. 분명한 건 인생에 찾아온 모든 일들은 어떤 식으로든 남은 삶에 영향을 끼치고 또 일부가 되어 남는다는 거다. 어떤 좋지 않은 일과 마주하고 있다면 용기를 내어 그것을 기꺼이 받아들여보는 건 어떨까? 여러분도 전에 느껴보지 못했던 새로운 깨달음과 함께 더욱 성장한 자신을 만나게 될지도 모른다.

더 이상 공황이 두렵지 않습니다

처음 공황 증상을 겪은 지 정확히 2년 하고도 2개월이 지났습니다. 병원에서 진단을 받은 후 7개월간 정신과 치료를 꾸준히 받았습니다. 마지막 진료를 받던 날, 의사 선생님은 이제는 그만 와도 될 것 같다고 먼저 말씀해주시더군요. 저는 그날 이후 모든 약물을 중단했고, 다행히 아직까지 병원을 다시 찾을 만큼 힘든 상황은 오지 않았습니다.

저는 여전히 제 안에 공황과 불안이 존재하고 있음을 느낍니다. 어쩌면 제가 가진 어떤 취약성 때문에 이런 부분에 유독 민감하게 반응하는지도 모르겠습니다. 그럼에도 이것을 극복했다고 자신 있게 말할 수 있는 이유는, 제가 어떤 상황과 마음일 때 공황이 나타나는지를 잘 알고 평소 수시로 마음을 돌보면서 사전에 예방하는 방법을 터득하게 되었기 때문입니다. 공황이 언제 다시 찾아오더라도 겁먹지 않고 침착하게 다룰 수 있는 충분한 지식과 힘을 가졌기에 저는 더 이상 공황이 두렵지 않습니다.

브런치에 에세이를 연재하면서 정말 많은 분들이 저와 같은 마음의 병을 앓고 있다는 사실을 알았습니다. 수많은 사람들이 공황, 불안, 우울, 강박, 번아웃 같은 마음의 병을 가진 채 학교에 가고, 출근을 하면서 힘겹게 하루하루를 살아가고 있다는 것을요. 부디 그런 분들이 용기를 갖고 현명하게 병을 극복하는 데 이 책이 도움이 되면 좋겠습니다.

정신과에 가는 게 꺼려져 제대로 된 치료조차 시작하지 못한 분들에게 병원 문을 열 수 있는 용기를 드리고 싶습니다. 부디 자신의 병을 부끄러워하지 않고 당당해지기를 바랍니다. 방광염이나 지루성피부염처럼 몸과 마음이 힘들 때 찾아오는 증상이라고 생각해보세요. 마음이 한결 나아질 겁니다.

첫 책에 이어 두 번째 책을 맡아주신 이정순 팀장님을 비롯해 가나출판사 가족 분들에게 감사의 마음을 전합니다. 특히 제 주치의가 되어주신 L. J. H 박사님에게 진심으로 감사드립니다. 제가 좋은 선생님을 만났기 때문에 하루빨리 이 병을 극복할 수 있었다고 자주 생각합니다. 지금은 병원을 떠나 다른 곳으로 옮기셨는데, 부디 그곳에서도 마음이 아픈 분들이 다시 건강한 일상으로 돌아올 수 있도록 도와주세요.

워킹맘인 제가 시간을 쪼개어 책을 쓸 때마다 매번 가족들의 희생이 있었습니다. 욕심 많은 아내의 꿈을 지지해주고 한결같은 마음으로 응원해준 든든한 남편과 소중한 딸에게 깊은 고마움과 사랑의 마음을 전합니다. 이 책을 다 쓰고 나면 집안일도 많이 하고 더 열심히 놀아줄 겁니다. 정말입니다.

마지막으로 이천에 계신 엄마, 존경하고 사랑합니다.

지하철이 무섭다고
퇴사할 순 없잖아

초판 1쇄 인쇄 2021년 4월 28일
초판 2쇄 발행 2024년 12월 13일

글·그림 김세경(꽃개미)

펴낸이 김남전
편집장 유다형 | 기획·책임편집 이경은 | 디자인 양란희
마케팅 정상원 한웅 정용민 김건우 | 경영관리 김경미

펴낸곳 ㈜가나문화콘텐츠 | 출판 등록 2002년 2월 15일 제10-2308호
주소 경기도 고양시 덕양구 호원길 3-2
전화 02-717-5494(편집부) 02-332-7755(관리부) | 팩스 02-324-9944
홈페이지 ganapub.com | 포스트 post.naver.com/ganapub1
페이스북 facebook.com/ganapub1 | 인스타그램 instagram.com/ganapub1

ISBN 978-89-5736-344-7 03810

가나출판사는 당신의 소중한 투고 원고를 기다립니다. 책 출간에 대한 기획이나 원고가 있으신 분은
이메일 ganapub@naver.com으로 보내 주세요.